(PROIBIDO BISBILHOTAR!!!☹)

TAMBÉM DE
Rachel Renée Russell

Diário de uma garota nada popular:
histórias de uma vida nem um pouco fabulosa

Diário de uma garota nada popular 2:
histórias de uma baladeira nem um pouco glamourosa

Diário de uma garota nada popular 3:
histórias de uma pop star nem um pouco talentosa

Diário de uma garota nada popular 3,5:
como escrever um diário nada popular

Diário de uma garota nada popular 4:
histórias de uma patinadora nem um pouco graciosa

Diário de uma garota nada popular 5:
histórias de uma sabichona nem um pouco esperta

Diário de uma garota nada popular 6:
histórias de uma destruidora de corações nem um pouco feliz

Diário de uma garota nada popular 6,5: tudo sobre mim!

Diário de uma garota nada popular 7:
histórias de uma estrela de TV nem um pouco famosa

Diário de uma garota nada popular 8:
histórias de um conto de fadas nem um pouco encantado

Diário de uma garota nada popular 9:
histórias de uma rainha do drama nem um pouco tonta

Diário de uma garota nada popular 10:
histórias de uma babá de cachorros nem um pouco habilidosa

Diário de uma garota nada popular 11:
histórias de uma falsiane nem um pouco simpática

Diário de uma garota nada popular 12:
histórias de um crush nem um pouco secreto

Diário de uma garota nada popular 13:
histórias de um aniversário nem um pouco feliz

Diário de uma garota nada popular 14:
histórias de uma amizade nem um pouco sincera

CONHEÇA TAMBÉM

Desventuras de um garoto nada comum 1:
o herói do armário

Desventuras de um garoto nada comum 2:
caos no colégio

Desventuras de um garoto nada comum 3:
os mestres da maracutaia

Para Ca'marii Latrice,
Samantha Yessenia
e
Sydney Renise

Vocês são minhas SUPERFÃS preferidas.
Continuem sendo legais, espertas e TONTAS!

SEXTA-FEIRA, 1º DE AGOSTO

Olha, parece que meus QUINZE MINUTOS DE FAMA finalmente terminaram ☹! SIM! Foi uma experiência MUITO MALUCA ser a artista que abriu o show da famosa boy band BAD BOYZ, conhecida no mundo todo! Fiquei arrasada (assim como outros milhões de fãs) quando eles finalizaram a turnê mais cedo para dar um tempo na carreira.

Agora estou PRESA em casa pelo resto do verão, e minha vida voltou ao normal, quase totalmente. "Normal" quer dizer MUUUUITO ENTEDIANTE! Então, para ter um pouco de animação, meus colegas de banda e eu decidimos fazer um show GRÁTIS hoje à noite no Festival de Verão e Diversão. Bom, os cartões-presente de $100 da CupCakery que eles nos ofereceram ajudaram a gente a não recusar ☺!

Vamos nos apresentar depois de Picles, o Palhaço Malabarista, e antes da minha vizinha, a sra. Wallabanger, e seu grupo IRADO de bailarinas idosas de dança do ventre. Somos profissionais! Tipo, o que pode dar errado nesse SHOW?!...

AI, MEU DEUS! EU NEM ACREDITEI QUE AQUILO ESTAVA ACONTECENDO COMIGO ☹!!

Infelizmente, minha iniamiga, MacKenzie Hollister, tem o péssimo hábito de sempre aparecer no PIOR MOMENTO! Como uma ESPINHA enorme e cheia de pus que do nada aparece na ponta do seu NARIZ.

A caminho da ESCOLA!

Em um dia de tirar FOTO!!

Rapidamente cobri a cabeça com a cortina.

Tudo o que eu queria fazer naquele momento era abrir um buraco bem fundo, entrar nele e...

MORRER!!

EU TIVE UM CHILIQUE COMPLETO!

MEU PIOR PESADELO tinha se tornado realidade!

Ou... SERÁ MESMO?!!

Toda vez que fico SUPERestressada com alguma coisa, eu SEMPRE tenho um pesadelo com isso.

Como quando tive um pesadelo HORROROSO com a minha FESTA DE ANIVERSÁRIO!

SONHEI QUE MACKENZIE TINHA, "SEM QUERER", ME EMPURRADO DE CARA NO MEU BOLO DE ANIVERSÁRIO!!

Então, era MUITO possível que minha CATÁSTROFE DE SHOW CAÓTICO tivesse sido SÓ um PESADELO!

A qualquer segundo, eu ACORDARIA no meu quarto, ensopada de suor, totalmente ALIVIADA por TUDO ter sido apenas uma peça pregada pela minha imaginação.

POR FAVOR! POR FAVOOOR!! POR FAVOOOOOOR!!!

QUE TUDO ISSO SEJA SÓ UM PESADELO. MUITO. RUIM!!

!

SÁBADO, 2 DE AGOSTO

Abri os olhos lentamente hoje cedo.

O sol estava forte, e os passarinhos cantavam.

AI, MEU DEUS! Eu me senti TÃO aliviada ☺!

Por DOIS SEGUNDOS.

Em seguida, as lembranças HORRÍVEIS daquele show VOLTARAM COM FORÇA em uma avalanche, como se alguém tivesse... sei lá... APERTADO O BOTÃO DA DESCARGA... dentro do meu, sei lá... CÉREBRO ☹!

Infelizmente, NÃO FOI só um pesadelo.

Eu me lembro de cada detalhe como se tivesse sido ontem.

ESPERA! FOI ontem! Nosso show foi SURREAL.

Eu NÃO acreditava que a cortina do palco tinha mesmo caído em cima da gente.

Foi como se de repente estivéssemos cobertos por uma NUVEM escura e assustadora de, sei lá...

Eu me lembro de ter pensado que a única coisa BOA naquela situação muito RUIM era que NÃO podia ficar PIOR!

Mas eu estava ERRADA!! As coisas ficaram MUITO piores.

Alguém comentou em voz alta que nossa apresentação tinha sido um "DESASTRE TOTAL"!

E aí a pessoa disse que esperava "PELO MENOS ganhar aqueles cupcakes" prometidos. Pensa numa HUMILHAÇÃO!

Tipo, QUEM seria capaz de dizer coisas tão CRUÉIS e SEM CORAÇÃO assim ao se referir a CRIANÇAS?!

Tá bom, vai. Na verdade, somos ADOLESCENTES!! Mas MESMO ASSIM...!!

E, quando espiei cuidadosamente por baixo da cortina, quase TIVE UM TRECO!

MacKenzie Hollister estava na primeira fila FILMANDO tudo com o celular dela ☹!

E pior!!

Ela teve a pachorra de parar na minha frente e enfiar o celular no meu rosto (sem a minha permissão) como se fôssemos MELHORES AMIGAS prestes a tirar uma SELFIE ou algo do tipo.

Chamar a MacKenzie de MALDOSA é um elogio.

Ela é uma ESCORPIÃ com apliques de cabelo loiro, sapatos de marca e sombra rosa brilhante!...

MACKENZIE É SUPERLINDA,
GLAMOUROSA E VENENOSA!!

Não consigo entender por que aquela garota ME DETESTA!!

Bom, agora a MacKenzie tem um registro PERMANENTE da coisa mais HUMILHANTE que me aconteceu NA VIDA INTEIRA!!

Sou muito DESAJEITADA!

Mereço ser expulsa da banda por ter ARRUINADO nosso show.

Mas meus colegas de banda disseram que "acidentes acontecem" e que "não foi nada de mais".

Acho que ficaram com pena de mim e estavam só tentando me fazer sentir melhor.

Estou torcendo para PELO MENOS ainda conseguirmos aqueles cartões-presente para ganhar cupcakes. Meus amigos COM CERTEZA merecem.

Minhas melhores amigas, Chloe e Zoey, vão me encontrar na CupCakery amanhã às quatro horas da tarde para pegarmos os cupcakes.

Mas estou TÃO envergonhada pelo que aconteceu que estou SERIAMENTE pensando em passar o restante do verão ESCONDIDA.

Dentro do meu GUARDA-ROUPA!...

RECADO PARA MIM MESMA: Lembrar de pegar pilhas para a minha lanterna ☹!

DOMINGO, 3 DE AGOSTO

Faz dois dias que me humilhei em público, e AINDA estou me sentindo mal...

A ÚLTIMA coisa que eu queria fazer era ir à CupCakery com a Chloe e a Zoey.

Então, mandei uma mensagem para as minhas MELHORES AMIGAS dando uma desculpa esfarrapada de que não podia ir porque estava arrumando meu quarto.

Fiquei surpresa quando elas se ofereceram para me ajudar. Não fazia o MENOR SENTIDO, porque Chloe e Zoey SEMPRE reclamaram de quanto DETESTAM arrumar o quarto!

POR QUE de repente elas estavam ANSIOSAS para ME ajudar a arrumar o MEU?!!

Por fim, concordei em encontrá-las na CupCakery. Mas então elas insistiram em me buscar.

E, durante o trajeto de carro, notei que elas estavam agindo de forma suspeita e trocando mensagens, apesar de estarem ambas sentadas no banco de trás.

Quando chegamos à CupCakery, descobri o motivo...

TODOS OS MEUS COLEGAS DE BANDA VIERAM ME ANIMAR ☺!

AI, MEU DEUS!

De repente, eu me senti TÃO emocionada que pensei que fosse CHORAR bem ali, na frente de todo mundo!

Chloe, Zoey, Violet, Brandon, Theo e Marc são os MELHORES. AMIGOS. DA. VIDA! E acabamos rindo do incidente.

Apesar de nenhum de nós ter entendido como aquela garrafa aberta de água apareceu misteriosamente no palco.

Também conversamos sobre o fato de que em apenas QUATRO SEMANAS voltaríamos para a escola.

Nosso verão tinha sido totalmente arruinado pelo fim repentino da turnê da Bad Boyz. Mas senti que AINDA podíamos passar as próximas semanas fazendo as coisas DIVERTIDAS que acabamos deixando de lado ao sair em turnê.

Foi quando eu tive uma ideia BRILHANTE chamada DESAFIO VERÃO INTENSO!

Cada um de nós tinha que concordar em fazer uma atividade desafiadora e interessante que sempre desejamos, mas sentíamos muito medo.

Todo mundo AMOU minha ideia! Por isso, nós decidimos IR COM TUDO!!

Pessoalmente, eu sempre quis aprender a fazer ilustrações de moda, porque amo aquele estilo chique e lindo de arte. Mas pensei que seria muito difícil.

Meus amigos se sentiam exatamente da mesma forma em relação aos objetivos deles.

Como estávamos discutindo nossos desafios, decidi compartilhar a dificuldade que eu andava tendo desde nosso último show. Expliquei que só pensar em subir no palco de novo era suficiente para me causar um BAITA ATAQUE DE PÂNICO!

Revelei que eu provavelmente estava sofrendo de uma FOBIA muito rara e debilitante chamada...

FOPADMEPACI!

É a abreviatura médica do galopante:

Fazer O Papelão Absurdo De Me Estabacar Puxando A Cortina Inteira.

Todo mundo ficou CHOCADO! Expliquei que o PIOR disso era que eu sentia que o MUNDO INTEIRO estava RINDO DE MIM!

Mas meus amigos me GARANTIRAM que NINGUÉM estava rindo de mim.

Exceto, talvez, a MacKenzie.

Mas ela realmente NÃO contava, porque ela RI de TODO MUNDO!

Eles disseram para eu não me preocupar, que eu com certeza ainda estava estressada e um pouco traumatizada por tudo o que tinha acontecido comigo.

Eu tive que admitir que eles deviam estar certos.

Tipo, que pessoa racional e em sã consciência se importaria com o que aconteceu em um show QUALQUER de um festival de verão de uma cidade pequena?!

AI, MEU DEUS! Passar um tempo com os meus amigos SUPERcompreensíveis fez com que eu me sentisse MUITO melhor!

Tenho SORTE demais por eles estarem na minha vida!

Quando saímos, eu já tinha esquecido como estava me sentindo PÉSSIMA nos últimos dias.

Finalmente voltei ao meu estado de sempre:

FELIZ, CHEIA DE ENERGIA E AUTOCONFIANTE!

Mas então eu percebi que tinha deixado meu cartão--presente na mesa e voltei para a CupCakery...

SEM QUERER, OUVI UM PESSOAL DA MINHA ESCOLA FALANDO MAL DE MIM!

Um menino estava apontando para a MINHA CARA no celular DELE enquanto ele e as amigas riam sem parar, um riso muito HISTÉRICO.

SHOW DOS PALHAÇOS?! SÉRIO, CARA?!!

Eu fiquei ali, ENCARANDO todos eles, CHOCADA.

O pouco de dignidade e amor-próprio que eu ainda tinha ENCOLHEU, FOI EMBORA, ESCAFEDEU-SE!!

AI, MEU DEUS! Eu estava CERTA desde sempre!

O MUNDO TODO ESTÁ MESMO RINDO DE... MIM!!

☹!

SEGUNDA-FEIRA, 4 DE AGOSTO

O que eu tinha ouvido aquelas pessoas falarem sobre mim ficou se repetindo sem parar na minha mente.

Foi péssimo, eu estava mesmo pensando em SAIR da banda. Mas, depois de uma boa noite de sono, comecei a repensar algumas coisas.

Eu acho que a Chloe e a Zoey talvez estejam certas. Estou MESMO exagerando. Acidentes acontecem. NÃO é o fim do mundo.

Eu ADORO me apresentar com a minha banda. Ainda que isso signifique dividir o palco com Picles, o Palhaço, e receber CUPCAKES de cachê.

Além disso, as aulas começam em poucas semanas, e até lá os alunos nem vão se lembrar do que aconteceu, nem vão se importar.

Preciso parar de me estressar por qualquer coisinha e ficar DE BOA!

Meus pensamentos foram interrompidos quando ouvi a Brianna no corredor cantando minha música "OS TONTOS COMANDAM!".

Ela cantava superdesafinada, até pensei que meus ouvidos fossem sangrar! Mas aquilo me fez sorrir! Olha, até mesmo a minha irmãzinha é uma FÃZONA! De repente, senti o coração quentinho!

Abri a porta do meu quarto e espiei ali fora. Eu NÃO esperava ver a Brianna e sua fantoche desmilinguida, a Bicuda, usando o MEU figurino caro do show, feito pelo famoso estilista Blaine Blackwell!

"BRIANNA! POR FAVOR, TIRE ISSO AGORA! ESSA ROUPA NÃO É BRINQUEDO, E VOCÊ VAI ESTRAGAR! VOCÊ NEM PEDIU PERMISSÃO!"

Às vezes, quando abro a boca, minha mãe aparece! É meio assustador ☹!

A resposta da Brianna foi como um SOCO no meu ESTÔMAGO...

Ela foi ao show com meus pais. Mas eu não imaginava que minha PRÓPRIA irmãzinha me considerava uma GRANDE PIADA!

Olhei para Brianna sem acreditar quando ela, de repente, se jogou no chão e rolou pelo corredor, se debatendo.

Ela terminou a apresentação estabacada no chão com ~~uma cortina~~ um cobertor em cima da cabeça.

Detesto ter que admitir, mas a imitação que ela fez de mim foi perfeita e HILÁRIA ☺!

Mas AINDA ASSIM... ☹!!

"Nikki, você foi MAIS ENGRAÇADA que Picles, o Palhaço!", Brianna riu. "A Bicuda também achou!"

Pensando bem, eu provavelmente fui dura demais com ela.

Fiz a Brianna tirar o figurino do show. Depois, passei um sermão nela sobre respeitar as coisas dos outros, e terminei com uma ameaça não muito sutil...

EU, CANCELANDO O SHOWZINHO DA BRIANNA!

Depois disso, peguei todas as minhas coisas e coloquei exatamente onde tinham que ficar...

... NA LIXEIRA!

Acho que a MacKenzie tinha RAZÃO!

Minha carreira na música está destruída!

☹!!

TERÇA-FEIRA, 5 DE AGOSTO

Hoje, eu fiquei na cama por horas só ENCARANDO a parede e PENSANDO ☹! Por algum motivo, isso sempre me deixa melhor ☺!

Minha mãe entrou no meu quarto perto do meio-dia para conferir se eu estava viva. Ela até chegou a colocar a mão na minha testa para ver se eu estava com febre.

Fingi que dormia para que ela fosse embora. A última coisa que eu precisava era da minha mãe ESTRAGANDO meu DRAMA PESSOAL!

Eu AINDA estava triste por causa daquela conversa que ouvi na CupCakery.

Se aquele pessoal assistiu ao meu vídeo HUMILHANTE nas REDES SOCIAIS, isso significava que o MUNDO TODO provavelmente também tinha assistido!

E, infelizmente, o MUNDO TODO inclui...
TODOS OS ALUNOS DA MINHA ESCOLA!!

EU, TENDO UM CHILIQUE GIGANTESCO PORQUE JÁ SOU UMA BAITA PIADA NAS REDES SOCIAIS, ANTES MESMO DE O ANO LETIVO COMEÇAR!!

Isso não é RIDÍCULO?!

Uma coisa é a MINHA vida ser arruinada POR MIM!

Mas NÃO VOU ARRUINAR a vida dos meus AMIGOS.

A primeira coisa que preciso fazer é SAIR da BANDA!

Por mais que eu deteste essa opção, não tenho escolha.

Eu sou uma GRANDE VERGONHA!!

Vou mandar para todo mundo uma carta sincera explicando minha decisão e torcer para eles entenderem.

Mas, em vez de escrever SEIS cartas, decidi criar um formulário que eu possa personalizar para cada um dos meus colegas de banda:

FORMULÁRIO DE DESISTÊNCIA DA BANDA

Caro(a) _____,

A. Chloe   D. Violet

B. Zoey   E. Marcus

C. Brandon   F. Theodore

Sei que você deve estar sentindo muita:

A. animação   C. dúvida

B. irritação   D. surpresa

por receber esta carta inesperadamente.

Mas depois de bastante:

A. análise de consciência   C. confusão na cuca

B. batata frita   D. coceira no dedo do pé

tomei a difícil decisão e entendi que o melhor para mim é sair da nossa banda.

Eu NUNCA, JAMAIS vou me esquecer de todos os momentos incríveis que dividimos:

A. suando como porcos sob as luzes do palco

B. passando tanto nervoso que pensamos que fôssemos vomitar

C. esquecendo a letra das nossas músicas

D. praticamente CAINDO do palco na frente de MILHARES de fãs apaixonados segurando cartazes feitos à mão e gritando nossos nomes.

Como vocês vão precisar de um vocalista novo, acho que DE JEITO NENHUM deveriam considerar:

A. Brianna, a especialista ILUDIDA das estrelas.

B. a sra. Wallabanger e seu grupo de bailarinas idosas de dança do ventre.

C. Picles, o Palhaço Malabarista.

D. MacKenzie, a ESCORPIÃ glamourosa com gloss.

Não consigo nem começar a expressar o quanto valorizo nossa amizade totalmente MARAVILHOSA. Vocês vão morar PARA SEMPRE no meu coração, e vou sentir MUITA SAUDADE. Boa sorte no futuro!

Sua amiga,
Nikki Maxwell

AI, MEU DEUS! Essa carta é TRISTE demais!

Não consigo parar de CHORAR!!

☹!

QUARTA-FEIRA, 6 DE AGOSTO

AI, MEU DEUS! As coisas são PIORES do que imaginei. Eu sabia que os alunos do ensino médio estavam RINDO DE MIM. Mas não tinha ideia de que as crianças do FUNDAMENTAL também estavam ☹!!

Os amigos da Brianna já estavam IMPLORANDO para ela ME levar à escola para a PALESTRA SOBRE PROFISSÕES!

Ultimamente, tenho pensado de verdade em me transferir para uma ESCOLA NOVA.

OUTRA VEZ!

Precisa ser longe o suficiente para que os alunos não tenham ASSISTIDO ao vídeo nem OUVIDO as fofocas sobre o meu pequeno "acidente".

Acho que a escola PERFEITA deve ficar um pouco mais distante de casa. Você sabe, em um lugar como a...

De qualquer forma, FINALMENTE me decidi! Vou mandar as cartas por e-mail para os meus amigos agora mesmo, avisando sobre a minha saída da banda, e não vou mais andar com eles na escola.

Você sabe, por causa de toda a questão da SIBÉRIA!

QUE ÓTIMO ☹! Meu celular está tocando, e é...

AI, MEU DEUS!!!

NÃO ACREDITO em QUEM está me ligando ☺!!

Vou terminar de escrever aqui DEPOIS que eu atender o celular. Já volto!!

Certo, voltei. Recebi NOTÍCIAS INCRÍVEIS! Mas ainda não posso contar! Então...

^^^^^^
ÉÉÉÉÉÉ ☺!!

NÃO posso falar sobre isso! Nem mesmo no meu diário.

Estou literalmente DOIDA de vontade de contar para ALGUÉM!

QUALQUER PESSOA!!

Mas TREVOR CHASE, o famoso produtor musical que trabalha com todas as grandes estrelas do pop, incluindo a BAD BOYZ, me avisou que tudo que discutimos ao telefone é confidencial.

Ele disse que, se eu contar uma coisinha que seja, tudo estará TOTALMENTE ARRUINADO.

OOPS ☹!!

Provavelmente já falei DEMAIS!!

Melhor eu PARAR de escrever AGORA, antes de acabar revelando, sem querer, o grande SEGREDO!

!!

QUINTA-FEIRA, 7 DE AGOSTO

Minhas melhores amigas, Chloe e Zoey, me telefonaram um monte de vezes desde ontem.

E meu crush, Brandon, não para de me ligar porque eu me ofereci para ajudar no Centro de Resgate de Animais Amigos Peludos.

Mas não atendi nem retornei NENHUMA ligação.

Estou dando um PERDIDO nos meus amigos e me sinto péssima por isso! Mas não tenho escolha.

Estou muito preocupada, temendo revelar, sem querer, o GRANDE SEGREDO e ACABAR COM TUDO.

Obviamente, não posso EVITÁ-LOS para SEMPRE!

Na próxima vez que sair com eles, vou precisar tomar muito cuidado para não acabar...

CONTANDO TUDO E MAIS UM POUCO!

Tipo, posso fingir que estou embrulhando um presente e...

... PASSAR FITA ADESIVA NA BOCA!!

Todo mundo sabe que sou PÉSSIMA com embrulhos.

Ou eu poderia tentar...

... PASSAR UM ZÍPER NOS LÁBIOS!!

Vou falar para todo mundo que é tendência um novo sabor de gloss chamado POR FAVOR, FECHE A MATRACA!

Eu poderia me empanturrar de PIZZA e só falar com a boca cheia. Aí, mesmo se eu CONTASSE o segredo, ninguém ia entender nadinha do que eu dissesse...

EU, ME EMPANTURRANDO DE PIZZA!

Não revelar um segredo ENORME para as minhas amigas, Chloe e Zoey, e para o Brandon vai ser...

UMA TORTURA INSUPORTÁVEL!

Mas, se for preciso, levo esse SEGREDO para o TÚMULO!!...

MINHA LÁPIDE!!

Estou falando SUPERsério! Sem brincadeira.

Preciso parar de me estressar. Preciso só FICAR DE BOA!!

EU CONSIGO! ☺!!

SEXTA-FEIRA, 8 DE AGOSTO

AAAAAHHHH!
Essa sou eu, GRITANDO de frustração!!

Tentar guardar esse segredo está ME MATANDO!! Eu sei que o Trevor disse que eu não podia CONTAR a ninguém. Mas ele NUNCA disse que eu não podia ESCREVER sobre isso no meu DIÁRIO! Né?!

Então é exatamente isso que eu vou fazer ☺!

Ou talvez NÃO ☹!

Mas QUEM vai saber? A menos que haja, tipo... pessoas, sei lá... LENDO EM SEGREDO... meu diário!!

Mês passado, minha banda fez o show de abertura na turnê norte-americana da Bad Boyz. Bom... até eles terem um CHILIQUE daqueles!

Eles estavam SUPERestressados, cansados e reclamando uns com os outros porque ficaram em turnê durante todo o ANO PASSADO.

Aidan Carpenter e Nicolas Perez têm dezesseis anos, e Victor Chen e Joshua Johnson têm dezessete.

A maioria dos caras da idade deles passa o verão em trabalhos de meio período, curtindo com amigos, jogando basquete e videogame. Mas os coitados tinham que acordar às cinco da manhã com uma agenda cheia de reuniões, sessões de fotos, ensaios, entrevistas, passagem de som e voos pelo país em aviões particulares.

Então, no fim do dia, totalmente EXAUSTOS e prontos para DORMIR, eles tinham que fazer a tarefa mais DIFÍCIL de todas: um show intenso, cheio de energia, de duas horas, em uma arena lotada com trinta mil FÃS AOS BERROS!! E depois... TUDO DE NOVO!!

Mas olha só! Trevor Chase me ligou dois dias atrás com uma atualização interessante. Ele me disse que os caras estão aproveitando as férias e descansando para retomar a turnê mundial no outono.

Ele admitiu que as coisas tinham dado muito errado, eles quase pularam fora, e insistiu que eu tinha salvado a banda simplesmente por convencê-los a tirar um tempo para descansar.

"Queremos fazer algo especial para VOCÊ e a SUA banda, para agradecer. Depois de termos interrompido a turnê às pressas e arruinado seu verão, é o mínimo que podemos fazer!", Trevor disse em tom de brincadeira.

"Arruinar" meu VERÃO era pouco.

Depois de me humilhar naquele Festival Doido e Esquisito de Verão, parecia que a minha VIDA toda tinha sido arruinada! Mas eu NÃO estava a fim de falar sobre nada daquilo.

"Permitir que abríssemos o show da Bad Boyz foi uma oportunidade única na vida e uma experiência incrível!", falei. "Você não precisa fazer mais nada."

Eu já estava feliz por saber que a Boyz não tinha TERMINADO.

Fazer a turnê com eles ainda parecia um SONHO!...

Trevor continuou: "Na verdade, Nikki, temos um projeto interessante para você, se quiser, claro. Ele inclui uma viagem com todas as despesas pagas daqui a uns dez dias! A Boyz tem uma sessão de fotos agendada para a capa de uma revista. Mas, como eles estão dando um tempo, pensamos que a SUA banda seria PERFEITA. Vai ser uma exposição ótima para vocês. Só preciso avisar o editor da revista sobre a mudança de planos".

AI, MEU DEUS! Quase desmaiei quando ouvi a oferta dele! Seria em Los Angeles, Nova York, Miami, Chicago...?! Como Trevor ainda estava tentando entender os detalhes, ele me ALERTOU de que eu não poderia contar a ninguém, nem mesmo aos meus colegas de banda, até tudo ser finalizado.

Meu trabalho é manter MINHA BOCONA FECHADA e cuidar para que todos estejam disponíveis para viajar. Mas ainda não cheguei à MELHOR PARTE!

Vamos para uma das cidades mais MARAVILHOSAS do mundo TODO!!...

A CIDADE-LUZ!!

Consegue me imaginar DE FÉRIAS em PARIS?!!

^^^^^^
ÊÊÊÊÊÊ ☺!!!

~~Ai, MEU DEUS!!! Eu preciso muito começar a praticar meu francês!~~

Oh là là!!! J'ai vraiment besoin de commencer à pratiquer mon français!

Preciso conseguir falar estas frases SUPERimportantes em francês:

"Onde fica a Torre Eiffel?"

"Qual a distância até o Louvre?"

"Quero mais cinco desses croissants de chocolate deliciosos, por favor!"

"Com licença! Onde posso comprar uma dessas boinas pretas bonitinhas que os franceses très chics usam?"

"Acho que estou perdida! Pode me ajudar?"

"Onde fica o banheiro mais próximo? DEPRESSA!"

"Quero uma porção de batata frita para acompanhar."

"Pode me dizer onde a menina de As aventuras de Ladybug mora?"
^ ^ ^ ^ ^ ^
ÉÉÉÉÉÉ ☺!!

Espero que Trevor descubra os detalhes e confirme tudo O MAIS RÁPIDO POSSÍVEL! Enquanto isso, eu só preciso fazer QUATRO coisas muito SIMPLES:

1. Guardar esse SEGREDO ENORME, MARAVILHOSO e EMOCIONANTE por mais alguns dias.

2. Ver se meus colegas de banda estão disponíveis.

3. Começar a fazer A MALA para ir a Paris.

4. Traduzir as palavras em francês que vou usar no meu diário (ver páginas 321 a 323).

Tipo, isso não pode ser tão DIFÍCIL!! ☺!!

SÁBADO, 9 DE AGOSTO

Passei a manhã toda encarando meu celular, esperando Trevor me ligar para falar sobre a nossa viagem a Paris.

Já faz TRÊS dias que nos falamos pela última vez! Nessas circunstâncias, isso é praticamente...

UMA ETERNIDADE!!

Talvez ele tenha mudado de ideia e oferecido a capa para outra pessoa. Sei lá, alguém um pouco mais popular que a gente.

Tipo... a BEYONCÉ!

Mas isto é o que realmente me preocupa:

E se o Trevor de alguma forma descobriu sobre o nosso desastre no Festival de Verão e Diversão?

Graças à MacKenzie, aquele vídeo está em todas as redes sociais.

Agora, MILHÕES de pessoas já devem ter visto!

QUEM eu quero enganar?!

Provavelmente somos as ÚLTIMAS pessoas que uma revista francesa CHIQUÉRRIMA desejaria fotografar.

A ÚNICA revista que ME consideraria com seriedade para a capa é a...

CARA DE PALHAÇO ☹!

ESPERO ter notícias do Trevor em breve.

Enquanto isso, preciso conferir se meus colegas de banda estão disponíveis para fazer essa viagem.

Mas... COMO?!

Não posso simplesmente ligar para eles todo santo dia e exigir saber quais são seus planos.

Isso seria óbvio DEMAIS. E ESQUISITO!

A ÚNICA maneira de saber o que todo mundo planeja fazer é BISBILHOTANDO!! Por isso tenho acompanhado todos nas redes sociais e pegado umas informações exclusivas com familiares e amigos deles.

ALERTA! As MÃES são CONHECIDAS por compartilhar fotos embaraçosas de seus filhos. Postar no Facebook fotos antigas da cria aprendendo a usar o penico com cinco emojis de coração e as palavras...

"COCÔ DA MAMÃE"

não só é HUMILHANTE para nós, adolescentes, mas também deveria ser considerado CYBERBULLYING e receber pena de um ano na cadeia, além de multa de cinco mil dólares!

Nós te AMAMOS, mãe! Mas QUEM COMETE UM CRIME TEM QUE PAGAR! Ainda bem que ninguém com menos de quarenta anos usa o Facebook!

Eu quero muito ir a Paris, e NADA vai me impedir! Por isso, podem se despedir da Nikki, a garota nada popular da escola, e RECEBAM...

65

NICOLE J. MAXWELL,
A ESPIÃ DE ARRASAR!

Aqui estão minhas ANOTAÇÕES DE ESPIONAGEM para hoje: Chloe está fazendo aulas de culinária com a avó!...

Hoje, elas fizeram cookies com gotinhas de chocolate. Chloe literalmente ENLOUQUECEU com esses cookies! Eles foram o motivo pelo qual tivemos aquela CONFUSÃO ENORME e o DRAMA com os convites para a minha festa de aniversário!

Chloe e a avó estão aperfeiçoando a receita de cookies para participar de um concurso de culinária daqui a duas semanas.

Marc gosta de andar de moto e sempre quis participar de competições. E hoje ele participou!...

Se ele se der bem na próxima etapa, vai se qualificar para o campeonato regional que acontece no fim do mês.

Chloe e Marc estão muito ocupados, mas espero que NÃO ocupados demais para nossa viagem a Paris. Preciso de mais informações.

Não sou um GÊNIO nessa coisa de ESPIONAGEM?! ☺!!

DOMINGO, 10 DE AGOSTO

Eu estava online lendo um post em um site de fofoca de adolescentes ("A Bad Boyz vai MESMO terminar?!!"), quando escutei passos do lado de fora do quarto.

Tinha certeza de que era a BRIANNA me espiando DE NOVO ☹!

Então, notei que ela enfiou um pedaço de papel por baixo da minha porta.

Tive muita dificuldade para entender os garranchos da Brianna, mas parecia ser um tipo de ingresso:

Eu tinha acabado de ser convidada para um show de mágica pela MAGNÍFICA BRIANNA-DINI. QUE SORTE ☹!

Brianna está tentando conseguir outra medalha de honra ao mérito no grupo das escoteiras, dessa vez de MAGIA. Ela disse que é uma habilidade importante para quando se mudar para a ilha dos Bebês Unicórnios e começar a trabalhar para a Princesa de Pirlimpimpim como uma USUÁRIA ASSISTENTE DE MAGIA.

Brianna pegou emprestado um kit mágico de seu melhor amigo, Oliver. E, depois de apenas algumas horas de prática, sentiu que estava pronta para dividir suas INCRÍVEIS habilidades mágicas com o mundo. Decidi entrar na onda e pagar um dólar de taxa pelo ingresso, apesar de ter sido um ROUBO.

Eu estava presa em casa, servindo de babá, porque meus pais tinham saído. Então, desde que ela estivesse brincando em silêncio, eu estava feliz! Porque, quando a Brianna se entediava, era BEM CAPAZ de causar um prejuízo de mil dólares só no meu quarto!

Quando cheguei à apresentação, ela me deu um assento especial na área VIP com seus brinquedos preferidos...

EU, SENTADA NA SEÇÃO DE BRINQUEDOS MUITO IMPORTANTES

Então, Brianna mandou um beijo para a plateia e logo DESAPARECEU dentro do armário. No começo, pensei que AQUILO fosse seu truque de mágica e que o show tivesse TERMINADO ☹!

Fiquei muito decepcionada por ter pagado um dólar para um evento que tinha durado menos de trinta segundos.

Estava pensando seriamente em entrar em contato com a administração para exigir um REEMBOLSO!

Mas, naquele momento, Brianna surgiu de dentro do armário usando uma fantasia de mágica, com uma cartola. Ela anunciou, numa voz retumbante:

"SENHORAS E SENHORES, CARRINHOS E BONECAS! POR FAVOR, RECEBAM A GRANDE, A INCRÍVEL, A FABULOSA... BRIANNA, A MÁGICA! TAMBÉM CONHECIDA NO MUNDO TODO COMO A MAGNÍFICAAAA BRIANNA-DINI!"

Então ela fez uma reverência e tirou o chapéu para a plateia.

Em seguida, pegou de dentro do bolso uma coisa grande e cor-de-rosa para aplicar pó.

Eu tinha certeza de que era a esponja nova que a mamãe tinha comprado para aplicar maquiagem.

Mas agora estava totalmente coberta por talco de bebê.

"PREPAREM-SE PARA SE SURPREENDEEEEER!", a Magnífica Brianna-dini gritou ao bater a esponja e criar uma nuvem enorme de pó.

Eu preciso admitir, quase parecia fumaça mágica ou algo assim. Fiquei BASTANTE impressionada!

DIFERENTE de como meus pais ficariam quando chegassem em casa. POR QUÊ?

A fantasia de mágica da Brianna parecia muito o smoking e a cartola que meu pai tinha ALUGADO para ser padrinho no CASAMENTO do primo dele na semana seguinte.

Eu comentei que o smoking dele "magicamente" deixou de ser preto brilhante e se tornou branco cheio de pó em um instante?

Meu pai NÃO iria ficar nem um pouco feliz quando DINHEIRO desaparecesse "magicamente" da sua CARTEIRA por causa da conta ENORME da lavanderia.

"Obrigada! Obrigada!", a Magnífica Brianna-dini disse quando fez uma nova reverência. "Para o meu próximo truque, vou escolher uma pessoa da plateia e serrá-la ao meio!", ela anunciou. "Algum voluntário?"

DESCULPA!

Mas DE JEITO NENHUM eu seria voluntária NAQUELE truque de mágica.

Ainda mais para uma mágica INICIANTE que vinha praticando fazia só... DUAS HORAS!

Brianna apontou uma bonequinha bonitinha de vestido cor-de-rosa que estava sentada perto de mim.

"Que tal VOCÊ, mocinha?", ela perguntou. Olha, antes ELA do que EU!

A plateia educadamente aplaudiu a jovenzinha corajosa.

Eis o que aconteceu depois...

Fiquei chocada e surpresa ao ver Brianna com uma serra pequena. Eu tinha certeza de que ela usaria coisas de plástico em seu show de mágica. "Brianna, larga isso!", gritei com ela. "De jeito nenhum vou deixar você usar uma serra de verdade! Não sabe que é perigoso brincar com ferramentas assim?"

"Não se preocupe, senhorita!", ela disse e começou a serrar depressa. "Sou a MAGNÍFICAAAAAA BRIANNA-DINI!"

Certo, eu estava começando a ter uma sensação MUITO RUIM a respeito da MAGNÍFICAAAA BRIANNA-DINI. Ela nem se deu o trabalho de lavar as mãos cheias de germes. Nem de desinfetar aquela serra suja antes de usá-la para realizar uma cirurgia de grande porte na pobre boneca desavisada. Não suportei assistir e tampei os olhos!

Ótimas notícias! Acabei de receber algumas atualizações de perfis de redes sociais pelo meu celular.

Então vou terminar essa história MALUCA sobre o "showzinho de mágica" da Brianna mais tarde!

Aqui estão minhas ANOTAÇÕES DE ESPIONAGEM de hoje: Zoey começou um vlog de música...

VERÃO INTENSO: AMANDO MEU NOVO VLOG SOBRE MÚSICA

Ele se chama Zoey ama música! Ela compartilha suas canções preferidas com os ouvintes e faz resenha de músicas populares. Ela também entrevista ao vivo músicos adolescentes depois que eles se apresentam.

Hoje, ela anunciou que vai cobrir o Lollapalooza em Chicago durante muitos dias em agosto.

Theo recentemente entrou para um time de basquete de rua, e ontem o time dele venceu!...

Se a equipe do Theo continuar ganhando, eles podem se qualificar para as semifinais e, por fim, para as finais.

AI, MEU DEUS! E se a Zoey e o Theo saírem da cidade em agosto?!! Nenhum deles vai poder ir a Paris!

QUE ÓTIMO ☹!!!

SEGUNDA-FEIRA, 11 DE AGOSTO

Quando deixamos a MAGNÍFICA BRIANNA-DINI, ela estava ocupada serrando a adorável voluntária ao meio.

Eu me levantei depressa e corri até o palco. "BRIANNA! Me dá essa SERRA! AGORA!", exigi.

"Pega! Pode ficar!", ela disse toda convencida enquanto me entregava a ferramenta. "Já usei."

Eu peguei a serra da mão dela, coloquei na caixa de ferramentas do papai, que ficava na garagem, e voltei para o meu assento.

"TA-DAAAAA!!!", Brianna cantarolou enquanto exibia a caixa de sapatos que tinha sido serrada ao meio.

"AGORA! Veja a MAGNÍFICAAAAA Brianna-dini usar seus incríveis poderes mágicos para voltar a colar essa caixa e nossa adorável voluntária!"

SÉRIO?!! ESSE era um truque que eu estava LOUCA para ver!

Brianna uniu as duas metades da caixa, bateu nelas com a varinha mágica e cantarolou:

"ALA-KAZU! ALA-KAZÃ!

MELECA DE UNICÓRNIO!

OVOS VERDES DE MANHÃ!"

Em seguida, bateu com força na caixa com a esponja de maquiagem.

Espalhou talco de bebê POR TODOS OS LADOS! Inclusive no meu NARIZ! Eu "magicamente" espirrei, tipo, sete vezes seguidas.

"CREDO! Minha língua está com gosto de BEBÊ!", Brianna resmungou ao dissipar a nuvem de pó com as mãos.

Depois de tirar o pó do rosto, Brianna abriu um sorriso enorme e fez mais uma reverência.

"Senhoras e senhores! Agora, nossa adorável voluntária voltou a ser uma só! TA-DAAAAA!!

Por favor, vamos dar a essa jovem uma salva de palmas!", a mágica sorriu. Eu bati palmas o mais alto que pude enquanto balançava a cabeça, incrédula.

AI, MEU DEUS!

A MAGNÍFICA BRIANNA-DINI realmente era uma mágica incrível!

"Você está bem aí?", Brianna perguntou à sua adorável voluntária enquanto erguia cuidadosamente um lado da tampa e espiava ali dentro.

De repente, os olhos da Brianna se arregalaram. Ela arfou e voltou a fechar a tampa.

BAM!!

A plateia toda ficou surpresa. A sala estava tão silenciosa que daria para ouvir um alfinete cair.

Então, a Magnífica Brianna-dini separou lentamente a caixa, olhou para ela e murmurou...

Percebi que Brianna começou a se contorcer.

"NIKKI, MINHA BONECA AINDA ESTÁ SERRADA AO MEIO!", ela resmungou em voz alta.

"É EXATAMENTE por isso que crianças NÃO DEVEM brincar com ferramentas", eu a repreendi.

"Mas a minha MAGIA deveria conseguir CONSERTAR a boneca!"

"É, mas NÃO consertou! Então, o que você tem a dizer para se defender?", perguntei, esperando que ela tivesse aprendido uma lição.

Foi quando Brianna só deu de ombros e SORRIU...

Certo, AGORA eu estava BEM irritada!

"Brianna, o show ACABOU! Agora limpe essa sujeira toda e o pó antes que a mamãe e o papai cheguem!"

"Mas, Nikki, eu ainda NÃO terminei! Preciso escolher OUTRO adorável voluntário da plateia! A última estava, hum... COM DEFEITO!"

"Brianna, a sua MAGIA estava COM DEFEITO! Você NÃO vai SERRAR mais nenhum dos seus BRINQUEDOS!", exclamei.

"Isso NÃO É JUSTO!", ela berrou comigo. "Preciso praticar minha MAGIA para poder ganhar a medalha de escoteira e trabalhar para a Princesa de Pirlimpimpim!"

"Desculpa! Mas você precisa escolher uma carreira nova. Agora, guarde os brinquedos e comece a limpar essa bagunça. Vou buscar o aspirador de pó para limpar o smoking do papai e ESCONDER no fundo do GUARDA-ROUPA dele!", gritei com a pestinha da minha irmã.

AINDA BEM que não concordei em ser a adorável voluntária da Brianna; caso contrário, estaria no HOSPITAL uma hora dessas...

EU, PERDENDO O CONTROLE NA SALA DE EMERGÊNCIA DEPOIS DE BRIANNA FAZER SEU TRUQUE DE MÁGICA COMIGO!!

Mas essa nem é a parte mais ASSUSTADORA!

E se Brianna convencer a LÍDER do GRUPO DE ESCOTEIRAS a ser a adorável voluntária em um de seus shows de mágica?!

Brianna vai SERRAR a coitada da mulher ao MEIO e NÃO vai conseguir colar de novo!!

Depois desse TRUQUE, vai REPROVAR em todos os quatro requisitos essenciais de mérito: capacidade de fazer mágica, apresentação, boa interação com a plateia e uso seguro de ferramentas cortantes afiadas.

Minha irmãzinha NUNCA vai conseguir a medalha de escoteira em MAGIA para ter seu EMPREGO DOS SONHOS com a Princesa de Pirlimpimpim!

Não tive como não sentir PENA da Brianna. Parece que a situação dela NÃO TEM FUTURO ☹!!

Enfim, acabei de receber umas atualizações das redes sociais. Hora de FUÇAR de novo!

Aqui estão minhas ANOTAÇÕES DE ESPIONAGEM de hoje: UAU! O Brandon está dando aulas GRÁTIS de bateria...

VERÃO INTENSO: DANDO AULAS DE BATERIA

... para crianças! Até agora, ele tem quatro alunos, incluindo esse LINDINHO da foto.

É incrível que Brandon faça trabalho voluntário nisso E na Amigos Peludos. Ele é gentil, cuidadoso e tem um coração ENORME!

São TRÊS motivos pelos quais ele é meu CRUSH ☺!!

Violet recentemente entrou para uma equipe esportiva de DCR, ou dança em cadeira de rodas, chamada RODAS DA EMOÇÃO ☺!...

VERÃO INTENSO: APRENDENDO COREOGRAFIAS NOVAS

MUITO LEGAL! Ela está ensaiando para uma apresentação no shopping e para uma competição daqui a duas semanas. Parece que a Violet e o Brandon vão estar SUPERocupados em agosto também.

Acho que minha missão de espionagem foi concluída com sucesso! Depois de vários dias ESPIANDO meus amigos secretamente, aprendi algo meio chocante, mas inquestionável...

MEU DESAFIO VERÃO INTENSO foi...

A PIOR!
IDEIA!!
DO MUNDO!!!

É BEM POSSÍVEL QUE NENHUM DOS MEUS COLEGAS DE BANDA ESTEJA DISPONÍVEL PARA IR A PARIS!

E É TUDO CULPA MINHA!!

TERÇA-FEIRA, 12 DE AGOSTO

Certo, estou um pouco CONFUSA!

Acabei de receber uma mensagem muito ESQUISITA da Chloe e da Zoey!...

Eu não gosto MESMO de surpresas! Ainda mais vindas da Chloe e da Zoey.

Sei que minhas melhores amigas têm boas intenções. Mas, às vezes, as surpresas PEQUENAS e muito mal preparadas delas acabam, sem querer, se tornando DESASTRES ENORMES!

Provavelmente estou sendo MUITO DRAMÁTICA!

Mas é meu dever fazer com que NADA atrapalhe nossa viagem a Paris! E lidar com uma "surpresa" da Chloe e da Zoey, neste momento, é um BAITA SINAL RUIM!

Em pouco tempo, a campainha tocou, e minhas melhores amigas entraram correndo.

"Nikki, todo mundo está fazendo o seu Desafio Verão Intenso e adorando!", Chloe exclamou. "Foi uma ideia BRILHANTE!"

"Você desafiou a gente a se esforçar para conseguir algo com que sempre sonhamos. Seguimos seu conselho e agora estamos ARREBENTANDO! Então, para mostrar nossa gratidão, NÓS temos uma surpresa bem grande para VOCÊ!", Zoey explicou com animação.

As duas me deram um abraço e disseram...

"Você disse que sempre quis fazer desenho de moda, não é? Bom, passar duas semanas no acampamento de arte vai ajudar a te dar a confiança e as habilidades necessárias!", Zoey disse, sorrindo.

"Nikki, você é a MELHOR AMIGA DE TODAS!", Chloe exclamou. "Você merece MUITO. E tem mais. Inscrevemos você para ser monitora, então o acampamento de arte vai ser TOTALMENTE GRATUITO!! Você precisa dizer a eles se quer ir ou não. Se decidir ir, você viaja em quatro dias, no sábado!"

"ES-ESPEREM AÍ!! EU VOU TER QUE VIAJAR NO SÁBADO?! E PASSAR DUAS SEMANAS FORA?!", gaguejei, em choque.

"Olha, se não quiser esperar até lá, podemos perguntar se você pode ir uns dias ANTES!", Zoey sugeriu.

"Nikki! POR QUE você não vai... AMANHÃ?!", Chloe perguntou com a voz estridente. Minhas melhores amigas estavam bem animadas falando do acampamento. Mas eu só ouvia um "BLÁ-BLÁ, BLÁ-BLÁ, BLÁ--BLÁ!" Por um momento, pensei que...

... MINHA CABEÇA FOSSE EXPLODIR!

EU, EM CHOQUE COM A SURPRESA DA CHLOE E DA ZOEY!

QUE ÓTIMO ☹!

Meu verão está se tornando um DESASTRE ainda maior do que já era!!

Todos os membros da minha banda estão MUITO OCUPADOS com seus projetos do Desafio Verão Intenso, a ponto de a nossa viagem a Paris estar em risco.

E AGORA tenho que fazer as malas e ir para um ACAMPAMENTO por duas semanas?!

Certo, admito que o acampamento de arte parece bem divertido.

Eu vinha planejando ir a um no verão, até termos a chance de abrir o show da Bad Boyz na turnê.

"Nikki, sinceramente, acredito que o acampamento de arte vai mudar a sua VIDA!", Chloe disse.

Então, elas insistiram para ligarmos para a diretora do acampamento, para que ela pudesse responder a todas as nossas dúvidas muito IMPORTANTES, como...

EU, COM MINHAS MELHORES AMIGAS, FINGINDO ESTAR **SUPERANIMADA** COM O ACAMPAMENTO DE ARTE!!

Quando finalizamos o telefonema, Chloe e Zoey foram para casa.

Mas fazia menos de dez minutos que elas tinham ido quando recebi outra mensagem delas.

Elas estavam me PERTURBANDO para fazer um estoque de marshmallows (para assar na fogueira), papel higiênico e repelente para o acampamento. Mas eu AINDA tenho algumas perguntas SEM RESPOSTA.

Sobre PARIS, não sobre o ACAMPAMENTO DE ARTE!

Já faz quase uma semana, e eu AINDA não recebi nenhum retorno do Trevor. Então, estou começando a me preocupar.

POR QUE ele não falou mais nada?! A MENOS que...?!

AI, MEU DEUS! E se o Trevor tiver visto uma FOTO ou, pior ainda, um VÍDEO da nossa CATÁSTROFE no show nas redes sociais?!

Tenho que ser sincera e fazer a mim mesma uma pergunta muito difícil.

Será que Trevor Chase, o empresário da mundialmente famosa BAD BOYZ, colocaria sua REPUTAÇÃO EM RISCO fazendo um trabalho grande com ESSAS pessoas?!...

DE JEITO NENHUM!!

Nós estamos... MUITO DEMITIDAS!!

Tenho uma sensação ruim de que NUNCA, EM TEMPO ALGUM vamos conseguir viajar a Paris!

Acho que é melhor eu seguir o conselho das minhas melhores amigas e comprar um monte de MARSHMALLOWS, PAPEL HIGIÊNICO e REPELENTE para o acampamento.

!

QUARTA-FEIRA, 13 DE AGOSTO

Brianna tem me irritado DEMAIS!

A pestinha está me perturbando querendo autógrafos! Ela diz que planeja vendê-los para as crianças da escola dela e usar o dinheiro para comprar mais acessórios para as apresentações de mágica, além de um filhote de unicórnio.

Quando a mamãe e o papai saíram de casa para resolver algumas coisas na rua, fiquei chocada ao perceber que Brianna estava usando sua fantasia de mágica de novo! Ainda bem que ela não vai fazer outra das suas apresentações nas quais ela MUTILA seus brinquedos.

Ando bem DE MAU HUMOR desde que a Chloe e a Zoey decidiram simplesmente me DESPACHAR para o acampamento de arte! Então, hoje, eu não tive paciência para lidar com as maluquices da Brianna.

Mas suspeito de que ela tem tentado, discretamente, me HIPNOTIZAR com seu colar de coração da Princesa de Pirlimpimpim...

EU, MUITO DE MAU HUMOR, OLHANDO PARA A CARA DA BRIANNA

Brianna balançava o colar bem na frente do meu nariz, de um lado para o outro, de um lado para o outro, tentando me hipnotizar para que eu desse um autógrafo contra a minha vontade.

Tipo, QUEM faz isso?!!

"Brianna, você está perdendo seu tempo! Sua mágica boba NÃO funciona! Desculpa, mas já tomei minha decisão, e a resposta ainda é... SIM, EU QUERO TE DAR UM AUTÓGRAFO! QUERO TE DAR UM AUTÓGRAFO!!", de repente murmurei, como se estivesse em transe.

AI, MEU DEUS! Brianna estava MESMO me HIPNOTIZANDO!! Fiquei INDIGNADA e muito IMPRESSIONADA ao mesmo tempo!

"BRIANNA! PARE COM ISSO!", reclamei e arranquei o colar da mão dela.

Eu NÃO conseguia acreditar que minha irmãzinha pudesse ir tão BAIXO. Desculpa, mas as crianças de hoje NÃO têm integridade!

Quando Brianna escutou nossos pais na porta da frente, ficou paralisada. Em seguida, em pânico, ela DESAPARECEU misteriosamente. Tipo...

PUF!! Acho que ela deveria adicionar ESSE truque ao show de mágica. Sem dúvida é o meu PREFERIDO!

Minha mãe me disse para fazer uma lista das coisas que eu precisaria para o acampamento de arte, e nós compraríamos no mercado. Minha lista era bem curta...

> Minha lista de compras para o
> ACAMPAMENTO
>
> MARSHMALLOWS — UM MONTE
>
> PAPEL HIGIÊNICO — UM MONTE
>
> REPELENTE — UM MONTE

Quando chegamos ao mercado, minha mãe e eu pegamos um carrinho cada uma e concordamos em nos encontrar na fila do caixa em quinze minutos...

Eu estava pegando as coisas quando meu celular tocou. Eu tinha certeza de que era minha mãe me chamando. Mas estava ENGANADA!...

EU, TENDO UM CHILIQUE POR CAUSA DO TELEFONEMA!

Era...
TREVOR CHASE!!

Quase derrubei o celular, e meu coração disparou. "Hum... alô?", atendi, nervosa.

"Nikki! Aqui é o Trevor. Eu peço desculpas pela demora, mas finalmente tenho novidades sobre aquela viagem a Paris. Você pode falar?"

Na verdade, eu estava no corredor de PAPEL HIGIÊNICO do mercado do meu bairro e não tinha nem um pingo de PRIVACIDADE. Qualquer pessoa poderia me escutar.

Também estava um pouco DISTRAÍDA, falando ao telefone, fazendo compras e empurrando o carrinho, TUDO ao mesmo tempo.

Mas eu estava esperando o telefonema do Trevor, tipo, há MUITO TEMPO, e estava MORRENDO de vontade de saber se iríamos a Paris. Por isso, respirei fundo e muito calmamente respondi...

NÃO ACREDITEI NO QUE ACONTECEU EM SEGUIDA!...

> # NIKKI, ESTÁ TUDO CERTO! SUA BANDA VAI A PARIS EM QUATRO DIAS!!

AI, MEU DEUS! Fiz minha dancinha feliz do Snoopy e derrubei uma pilha de rolos de papel higiênico enquanto as pessoas me encaravam.

Então gritei: "LIMPEZA NO CORREDOR SETE, POR FAVOR!"

!!!

QUINTA-FEIRA, 14 DE AGOSTO

AINDA estou em estado de choque! Parece que minha banda e eu vamos a PARIS ☺!

Mas o lance é que todo mundo precisa estar a fim, entusiasmado e disponível. Trevor já esclareceu tudo com nossos pais. E eles concordaram em ME deixar contar a notícia aos meus colegas de banda.

Vamos trabalhar com o mesmo grupo de empresários da Bad Boyz que tivemos na turnê. Victoria Steel, a medalhista de ouro olímpica na patinação artística, é nossa diretora criativa e guarda pessoal... quer dizer, acompanhante.

Ela também vai ser nossa estilista, já que Blaine Blackwell, o designer de moda conhecido no mundo todo, no momento está em um grande projeto em Milão, na Itália.

Enviei uma mensagem a todos hoje avisando que precisávamos ter uma reunião importante por telefone às três horas da tarde para discutir um possível projeto para a nossa banda. Não dei nenhum detalhe.

Todo mundo estava AMANDO o Desafio Verão Intenso e se mantendo SUPERocupado. Então, quando perguntei a eles sobre dar um tempo e participar de um projeto da banda, começamos uma discussão acalorada.

"Acho que devíamos recusar", Zoey disse. "Depois da turnê SUPERagitada com a Bad Boyz, acho que NÓS precisamos de uma pausa também." O Brandon concordou totalmente com a Zoey.

"Vamos ser pagos com cupcakes de novo?", Marc reclamou. "Neste momento, preciso de dinheiro de verdade para custear meu motocross." Theo concordou com Marc.

"Desculpa! Mas eu me RECUSO a dividir o palco com outro PALHAÇO assustador!", Chloe resmungou. "Aquilo foi esquisito demais!" Violet concordou.

"Certo, vamos levar TUDO isso em consideração. Mas também preciso saber se estaremos disponíveis. E aí, como está a programação para as próximas duas semanas?"

"Não tem JEITO!", Chloe reclamou. "Estamos OCUPADOS DEMAIS e por isso não conseguimos nem fechar uma data!"

Ironicamente, todo mundo CONCORDOU que nunca chegaríamos a um ACORDO.

"Eu entendo mesmo como todo mundo se sente", falei. "Fiquem sabendo que: infelizmente, não receberemos dinheiro. Mas também não tem palhaço nem cupcakes. É uma viagem para uma baita cidade, mais para RELAXAR, não trabalhar."

Continuei: "Sei que vocês todos estão empolgados com os projetos do Desafio Verão Intenso. Mas e se nos oferecessem umas férias luxuosas como nunca tivemos? DE GRAÇA! Acho que seria ESTUPIDEZ não aproveitar essa chance!"

Ironicamente, todo mundo CONCORDOU com isso também! De repente, meus amigos começaram a falar juntos. E logo estavam IMPLORANDO que eu contasse AONDE íamos e QUANDO. "Tenho os detalhes", sorri. "Quem está a fim de ir para..."

Meus amigos NÃO acreditaram na notícia MARAVILHOSA!

"Olha, pessoal, é SÉRIO! Vamos a PARIS em exatamente TRÊS dias! O Trevor já ajeitou tudo com nossos pais. Então devíamos desligar o telefone e começar a fazer as malas. Agora!", eu disse, rindo.

A ficha deles FINALMENTE caiu, porque meus amigos, de repente, perderam o controle e começaram a gritar com histeria ao telefone.

Chloe e Zoey tiveram a mesma reação...

"^ ^ ^ ^ ^ ^
EEEEEE!!" ☺!

"NOSSA! Você não faz IDEIA!! Sempre foi meu SONHO conhecer Paris!!", Violet disse.

"Nikki, que ótima notícia! PARIS é uma cidade MARAVILHOSA!", Brandon exclamou. "E vai ser melhor ainda estar lá com VOCÊ! E, hum... com TODOS os nossos amigos, claro!"

"Paris é DEMAIS! Praticamente todo mundo dirige scooter lá! Não é o máximo?", Marc comentou.

"UAU! Paris parece BEM LEGAL! Adoro a culinária francesa, principalmente os doces!", Theo disse, quase babando.

AI, MEU DEUS! Foi um alívio FINALMENTE compartilhar essa notícia. Eu vinha guardando segredo há, tipo, uma eternidade, e isso estava me MATANDO!

Expliquei todos os detalhes da nossa viagem e disse que, tirando o dia em que faríamos o ensaio fotográfico, conseguiríamos passar a maior parte do tempo explorando a cidade, visitando pontos famosos, vivenciando a cultura francesa.

Essa viagem a Paris vai ser...

MARAVILHOSA!!

Afinal, o que pode DAR ERRADO?!

!!

SEXTA-FEIRA, 15 DE AGOSTO

Ontem, muito ingenuamente, fiz a seguinte pergunta estúpida:

"O QUE PODE DAR ERRADO?!!"

Bom, às nove horas eu tive minha resposta!! AI, MEU DEUS! POR QUE parece que a minha vida é um ENORME DESASTRE prestes a acontecer ☹?!!

AAAAAAAAHHHHHH!!

Essa sou eu GRITANDO!!

Acabei de receber uma mensagem, alguns minutos atrás, com notícias PÉSSIMAS! Vocês se lembram de quando eu disse que tínhamos a mesma equipe de empresários de antes?

Infelizmente, TAMBÉM temos a mesma ESTAGIÁRIA DE MÍDIAS SOCIAIS cheia de artimanhas, manipuladora, preguiçosa, falsiane, fútil, interesseira, que se acha e não passa um minuto sem gloss!...

MACKENZIE HOLLISTER ☹!

Eu não acreditei!

Nossa acompanhante (e rainha do gelo), Victoria Steel, vai dar àquela garota uma segunda chance para cobrir a viagem a PARIS, mesmo depois do trabalho HORROROSO que ela fez na turnê da Bad Boyz!

Tipo... QUEM faria isso?!!

Aparentemente, Victoria vai contratar uma SEGUNDA estagiária para ajudar MacKenzie e também para servir como guia e intérprete enquanto estivermos em Paris. Ainda bem!

Só espero que essa nova pessoa seja competente e faça mais do que ficar no spa, fazer as unhas, tomar macchiatos de caramelo, comer em restaurantes bacanas e fazer compras. DIFERENTE da MacKenzie!

Porém tivemos MAIS notícias ruins! Victoria explicou que MacKenzie ficou SUPERanimada e queria se encontrar comigo hoje para discutir suas estratégias para as redes sociais.

O mais novo local de encontro das GDPs (garotas descoladas e populares) é uma cafeteria da moda localizada dentro da livraria do nosso bairro.

Victoria disse que MacKenzie queria me encontrar lá hoje ao meio-dia.

QUE ÓTIMO ☹!

Eu tinha MUITA certeza de que a ÚLTIMA coisa sobre a qual MacKenzie queria conversar comigo eram seus planos para as redes sociais.

Tentei de todo jeito inventar uma desculpa para não ter que desperdiçar minha tarde com uma rainha do drama que se acha a melhor. Mas Victoria é a nossa diretora de criação, e ela INSISTIU!

Minha mãe concordou em me deixar na livraria enquanto ela e Brianna visitavam a CupCakery para comprar uns doces.

Cheguei à livraria dez minutos antes e decidi ver os livros novos da seção de arte e desenho.

Felizmente, eu ainda tinha dinheiro do meu aniversário.

Por acaso, vi o livro MAIS LEGAL de todos, chamado Ilustração de moda parisiense...

EU, ENCONTRANDO UM LIVRO DE ILUSTRAÇÃO DE MODA MUITO BACANA!

Quando sugeri nossos projetos do Desafio Verão Intenso, meu objetivo era aprender ilustração de moda.

É um estilo lindo e elegante de desenhar usado para ilustrar moda, como os figurinos fabulosos que vemos nas passarelas de Paris, Milão e Nova York.

Sabe, a coisa 100% autêntica, REAL! NÃO tipo a minha bolsa de marca FAJUTA.

Infelizmente, nunca tive tempo de ir atrás disso. Eu estava ocupada demais me preocupando com Paris e cuidando para que todos estivessem disponíveis para viajar!

Talvez isso seja algo que eu possa fazer, afinal! Em Paris! A capital da moda!

Eu me imagino sentada em um banco, desenhando os parisienses que andam pelo parque, enquanto meu crush, Brandon, tira fotos da paisagem linda da cidade.

Tipo, isso não é SUPER-ROMÂNTICO?
^^^^^^
EEEEEE ☺!!

De repente, meu sonho maravilhoso foi interrompido!

"Nikki? Oi, querida!", MacKenzie disse e atravessou rebolando o corredor na minha direção, como se fosse uma modelo desfilando na Semana de Moda. Eu DETESTO quando essa garota rebola!

Então ela parou e olhou para mim.

"AI, MEU DEUS! Você está lendo Ilustração de moda parisiense?!", ela disse, em choque.

"Hum... SIM! Pretendo comprar esse livro", respondi como se não tivesse importância.

"Mas ele é sobre o que há de mais atual na moda", ela explicou.

"Eu sei disso!", falei, revirando os olhos.

"Mas, Nikki, não tem rabiscos IDIOTAS, desenhos BOBINHOS, piadinhas BABACAS, nem qualquer LIXO infantil e imaturo desses que você AMA tanto!", MacKenzie disse, pegou seu gloss Vermelho Arraso e passou três camadas. "Desculpa, você não entenderia nem uma PALAVRA desse livro, querida. Mas PODE SER que goste de ver todas as fotos LINDAS!"

NÃO acreditei que MacKenzie estava falando isso bem na minha cara daquele jeito. Olhei firme em seus olhos azuis, frios e gélidos.

"Por falar em LIXO, você está dizendo um monte de PORCARIA hoje, MacKenzie! Seu probleminha vai exigir UMA PASTILHA PARA HÁLITO sabor amônia coberta de coisinhas para fazer bolhinhas! Mas você vai precisar da força do limpador do vaso sanitário!"

MacKenzie olhou para mim como se eu fosse algo deixado na grama do jardim por sua poodle mimada, Fifi.

AI, MEU DEUS! Essa garota é uma DRAMÁTICA! Ela pegou um livro e, como se nada tivesse acontecido, começou a virar as páginas. Então sorriu para mim, toda demoníaca, e disse...

"MacKenzie, vá direto ao ponto!", suspirei. "Eu sei que essa reunião não tem NADA a ver com o seu trabalho nas redes sociais."

"Na verdade, você tem RAZÃO! POR QUE eu perderia tempo fazendo algo por VOCÊ e pelo seu grupo de desajustados sem talento que gostam de fingir ser uma banda?!", MacKenzie resmungou. "Vou ter férias GLAMOUROSAS em PARIS, e aquela BRUXA da Victoria Steel ainda vai me PAGAR por isso!"

"MacKenzie, isso é MUITO desonesto! O QUE você tem a dizer para se defender?", perguntei, totalmente enojada.

"VIVA EU!", MacKenzie deu uma risadinha. Eu NÃO acreditei no que ela estava falando.

"Então, O QUE suas FÉRIAS GLAMOUROSAS em Paris têm a ver COMIGO?", perguntei, já temendo a resposta.

"Que bom que você perguntou, Nikki! A Bad Boyz ainda não escolheu o novo membro da banda, já que estão dando um tempo. Isso quer dizer que RESTA uma chance de aquele lugar ser MEU! Mas vou precisar de um perfil muito melhor. Acho que aparecer na CAPA de uma revista FRANCESA poderia me deixar na frente de todos os outros candidatos! O Trevor e a Bad Boyz precisam ver como eu sou talentosa e INCRIVELMENTE FOTOGÊNICA!", ela se gabou.

Eu não sabia se a MacKenzie era só FÚTIL ou totalmente DOIDA! "Desculpa ter que desapontar você, MacKenzie! Mas minha banda e eu vamos aparecer na capa daquela revista. Eu posso estar errada, mas não acho que as responsabilidades do seu trabalho como estagiária de mídias sociais incluam ser MODELO DE CAPA. Enfim, preciso chegar em casa logo porque ainda tenho que ARRUMAR minha mala. Tchau!" Eu me virei e segui na direção do caixa para comprar meu livro de moda e sair.

"NIKKI MAXWELL! VOLTE AQUI! ESSA REUNIÃO SÓ TERMINA QUANDO EU DISSER QUE TERMINOU!", MacKenzie gritou para mim.

Foi quando notei que praticamente todo mundo na livraria estava nos encarando. MacKenzie sorriu e veio rebolando na minha direção. Eu DETESTO quando essa garota rebola!

"Olha, Nikki, eu preciso da SUA ajuda para conseguir a vaga na Bad Boyz, e VOCÊ precisa da MINHA ajuda para conseguir a viagem a PARIS. Então, vamos concordar em ajudar uma à outra", ela disse com doçura.

"Eu não PRECISO de nada que venha de você!", rebati.

"Sério?! Bom, eu acho que você PRECISA que eu NÃO envie esse VÍDEO ao Trevor Chase! Porque, se ele assistir, NÃO TEM como ele te deixar ir a Paris e aparecer na capa de uma revista. Seus amiguinhos vão ficar ARRASADOS, e vai ser tudo CULPA SUA! Eles vão ODIAR você pelo resto da sua vidinha MISERÁVEL!"

"Mackenzie, o Trevor disse que nós fizemos por merecer o convite a Paris! Você só está com inveja. COMO seria capaz de fazer algo tão... CRUEL?!"

"FÁCIL! É só ME OBSERVAR!", ela sibilou.

MACKENZIE, PRESTES A ENVIAR AQUELE VÍDEO HORROROSO PARA O TREVOR!!

Se eu fosse a única pessoa envolvida, lidaria com as consequências.

Eu não merecia ir a Paris nem subir em palco nenhum de novo! Mas meus AMIGOS estavam envolvidos, e eles não fizeram nada errado.

Não tinha como eu ficar olhando a MacKenzie DESTRUIR os SONHOS deles de conhecer Paris!

Ainda mais depois de eles já terem cancelado as atividades do Desafio Verão Intenso.

Eles não MERECIAM!

Então...

SIM!!

Eu disse à MacKenzie que "pensaria" na possibilidade de ela ficar com meu lugar na capa da revista, só para ela não enviar o vídeo ao Trevor.

Ela me disse que eu tinha que avisá-la sobre a minha decisão um dia antes da sessão de fotos.

OU ENTÃO...!!

E eu acho que isso é uma ameaça!

Estou MUITO triste e INDIGNADA agora, mal consigo escrever!

Decidi esconder isso das minhas melhores amigas até encontrar uma maneira de resolver essa bagunça.

ME DESCULPA!

Mas eu me RECUSO a deixar que essa RAINHA DO DRAMA ESTRAGUE nossa viagem a PARIS!

!

SÁBADO, 16 DE AGOSTO

Não acredito que Chloe e Zoey já estão com as malas prontas! E eu nem COMECEI a fazer as minhas!

Minha esperança é a de que haja algo PERFEITO para a viagem a Paris no monte Everest de roupas sujas amontoadas na minha cama...

EU, RELAXANDO DURANTE UMA CRISE PESSOAL BEM SÉRIA COM AS ROUPAS SUJAS!

135

Sim, eu SEI! Tenho que partir para minha viagem a Paris em vinte e quatro horas!

Mas eu AINDA preciso lavar UM MONTE ENORME de roupas antes de PENSAR em fazer a mala.

AI, MEU DEUS! Estou tão BRAVA com a minha MÃE! Ela não tem me AJUDADO EM NADA!!

Ela disse que, se eu tenho IDADE para atravessar o oceano Atlântico sem ela, TAMBÉM tenho para colocar minhas roupas e sabão na máquina de lavar!

Então, fiquei SUPERfeliz quando Chloe e Zoey se ofereceram para vir à minha casa me ajudar com as roupas e com a mala.

Elas são as MELHORES amigas do MUNDO ☺!

Corri até a cozinha para pegar uns petiscos enquanto elas começavam. E, quando voltei com batatas fritas, molhinhos e refrigerantes, elas estavam mexendo no meu armário enlouquecidamente...

Claro, minhas melhores amigas tinham deixado de olhar em algum lugar, só podia ser isso. Eu me lembrava ESPECIFICAMENTE de ter deixado meu figurino escondido da Brianna no fundo do armário. Até aquele dia em que eu...

AI, MEU DEUS! O QUE EU FIZ?!!

Eu estava tão CHATEADA e BRAVA comigo mesma que tive vontade de...

GRITAR!!

O QUE EU ESTAVA PENSANDO?

Eu não tinha escolha a não ser contar às minhas melhores amigas a TERRÍVEL VERDADE!

"CHLOE E ZOEY, TENHO NOTÍCIAS PÉSSIMAS!", resmunguei. "VOCÊS NEM VÃO ACREDITAR!"

As duas se sentaram na minha cama e pegaram uns petiscos. "Hum... deixa ver se eu adivinho!", Zoey disse e tomou um gole de refrigerante. "Você perdeu a mala em algum lugar no meio dessa pilha de roupas sujas?"

Revirei os olhos. Muito engraçadinha!

"NÃO?", Chloe riu enquanto se empanturrava de salgadinhos. "A MARGARIDA, sua cachorra, desapareceu há três dias, e você acha que ela PODE ESTAR perdida em algum lugar no meio dessa pilha de roupas?"

"Não é hora de PIADINHAS!", reclamei. "Estou falando muito SÉRIO!"

"Tá, desculpa!", Zoey disse, tentando manter a seriedade. "Então é a BRIANNA quem está desaparecida e perdida nesse monte GIGANTESCO de roupas sujas!! Você já foi à polícia fazer um B.O.?!"

Minhas melhores amigas riram e trocaram high fives. Foi quando eu praticamente gritei com elas: "Vocês NÃO vão acreditar, mas meu figurino não está no armário! Está... DESAPARECIDO! Pessoal, eu estou com um PROBLEMÃO!"

Chloe e Zoey ficaram olhando para mim, boquiabertas.

"SEU FIGURINO DESAPARECEU EM ALGUM PONTO NESSA PILHA ENORME DE ROUPAS SUJAS?!", Chloe disse, totalmente confusa. "VOCÊ ESTÁ FALANDO SÉRIO?!"

"Bom, não podemos simplesmente escavar esse monte?", Zoey perguntou. "TEM que estar em algum lugar!"

"NÃO! Vocês não entenderam. A Brianna fez uma piada sobre eu quase ter caído do palco, e eu fiquei muito brava. Então eu... hum... JOGUEI meu figurino!"

"NA PILHA DE ROUPAS SUJAS?!", Chloe e Zoey perguntaram juntas.

"NÃÃÃÃOOO!", gritei. Respirei fundo e tentei me recompor. "Estou muito envergonhada de admitir isso. Mas eu meio que joguei na... ééé... na LIXEIRA da garagem!"

"LIXEIRA?!", elas arfaram.

"Certo, espere um pouco! Você teve um CHILIQUE e fez um ESCÂNDALO por causa de uma piadinha...?!", Chloe perguntou.

"... e jogou uma roupa cara, única, feita por um estilista, no LIXO?!", Zoey finalizou.

"Infelizmente... SIM! Acho que eu estava num dia MUITO RUIM! Desculpem!" De repente, meus olhos ficaram cheios de lágrimas.

Foi quando Chloe e Zoey me seguraram e nós demos um abraço em grupo.

"Olha, Nikki, se você jogou fora, vamos até a garagem buscar!", Zoey me tranquilizou.

"Problema resolvido!", disse Chloe, balançando as mãos.

Eu não conseguia acreditar que minhas melhores amigas estavam me apoiando TANTO. Nem ficaram bravas! Estávamos prestes a descer correndo as escadas até a garagem quando Chloe parou e olhou pela janela. "Hum, Nikki, o caminhão de lixo passa hoje, não é?", ela perguntou, enrugando o nariz. Eu tinha me esquecido TOTALMENTE!

"Na verdade, é!", respondi. "É melhor irmos até a lixeira antes que seja tarde demais!"

"Tenho notícias muito ruins!", Chloe resmungou. "Eu acho que JÁ pode ser tarde demais...!"

Zoey e eu corremos até a janela e olhamos para fora. Então arfamos, sem acreditar!...

MINHAS MELHORES AMIGAS E EU, HORRORIZADAS, OBSERVANDO O CAMINHÃO DE LIXO!

Batemos na janela e gritamos a plenos pulmões para tentar chamar a atenção do motorista...

"PARE! PAAAARE!! PAAAARE!!!"

Mas o caminhão estava fazendo tanto barulho, RONCANDO, ACELERANDO E AVANÇANDO, que ele não nos ouviu.

"VAMOS! TEMOS QUE TENTAR DETÊ-LO ANTES QUE SEJA TARDE! CORRAM!!", Zoey gritou, partiu em direção à porta e desceu as escadas.

Chloe e eu a seguimos.

Minha casa devia ser a parada final, porque quando saímos o caminhão de lixo tinha DESAPARECIDO!

Em choque, caminhei até a lixeira, murmurando para mim mesma: "Meu figurino! Meu figurino! Preciso do meu figurino para ir a PARIS!!"

Admito que perdi totalmente o CONTROLE! DE NOVO!!...

145

Não conseguia acreditar que aquele caminhão HORROROSO E ENORME tinha COMIDO meu figurino do show!

Bem na minha CARA! Fiquei TRAUMATIZADA!!

Por um momento, pensei que tivesse ficado tonta e desmaiado de tanta ANGÚSTIA por causa do que eu havia acabado de testemunhar.

Mas então percebi que estava mergulhada DE CABEÇA no fundo daquela lixeira escura, literalmente AOS BERROS!...

"NÃÃÃÃÃÃAOOO!!"

AI, MEU DEUS! Vocês não têm ideia de como era ESCURO e ASSUSTADOR lá dentro.

Então, comecei a puxar o ar, porque mal conseguia RESPIRAR!! Era bem fedorento também!

Tipo o fedor de ovo podre depois de duas semanas fora da geladeira. Só que dez vezes PIOR!

Fiquei muito FELIZ quando a Chloe e a Zoey me puxaram dali pelos tornozelos.

Queria abraçar as duas por salvarem a minha vida! Mas elas me pediram para não encostar nelas, porque eu estava fedendo a ovo podre. Só que dez vezes PIOR!

Acho que elas também estavam com nojo, porque tinha uma gosma verde no meu cabelo, que escorria pelo meu rosto. CREEEDO!

Mas Chloe e Zoey disseram que eu não precisava me preocupar, pois elas iam cuidar de tudo.

Elas falaram que meu trabalho era apenas ficar de boa, tomar um banho quente demorado, me livrar daquele cheiro horroroso e começar a arrumar a mala para nossa viagem a Paris.

Tenho MUITA sorte de ter a Chloe e a Zoey na minha vida. Agora, elas só precisam encontrar o caminhão de lixo e pegar meu figurino de volta.

Tipo... não pode ser muito difícil, né?! ☺!!

DOMINGO, 17 DE AGOSTO

HOJE É O DIA MAIS EMOCIONANTE DE TODA A MINHA VIDA!

Não acredito que vou para o aeroporto ao meio-dia. ÊÊÊÊÊÊ ☺!!

Fiquei tão traumatizada com aquele fiasco do caminhão de lixo ontem que tomei um banho quente e dormi a maior parte do dia.

Então eu acordei SUPERcedo hoje e lavei, tipo... nove montanhas de roupa.

Na verdade, foram só DUAS. Mas AINDA ASSIM! Foi como se fossem nove.

São só oito e meia da manhã, e estou exausta!

Para economizar tempo e energia, comecei a pegar as roupas e literalmente jogar dentro da mala.

Então, ela já está quase pronta...

EU, FAZENDO AS MALAS PARA PARIS!

Finalmente recebi uma mensagem de Chloe e Zoey com novidades sobre o meu figurino. A empresa de coleta de lixo tem boas e más notícias. A boa é que eles sabem onde meu vestido está ☺! Está enterrado em algum lugar em um monte de lixo numa área de oito hectares.

A má notícia é que eles não conseguiram pegar o vestido para me devolver porque ele está enterrado em algum lugar em um monte de lixo numa área de oito hectares ☹! Minhas melhores amigas disseram para eu não me preocupar, porque elas inventariam um plano assim que chegássemos a Paris. Mas como NÃO me preocupar com algo tão importante quanto o VESTIDO que preciso usar?

Bom, depois que FINALMENTE terminei de fazer as malas e as coloquei no corredor para meu pai levar para o andar de baixo, Brianna entrou no meu quarto. Pensei que ela fosse me pedir algo muito egoísta, por exemplo: se poderia ficar com o meu quarto. Olha, eu ia passar doze dias em Paris, NÃO quatro anos na faculdade. Mas Brianna me surpreendeu...

EU, ME ESFORÇANDO PARA NÃO CHORAR!

Brianna me deu sua mochila preferida da Princesa de Pirlimpimpim. E disse que havia um presente para mim ali dentro!

"Mas, Nikki, você não entendeu!", Brianna protestou. "Meu ursinho Hans é de PARIS! Ele fala francês e quer visitar a família dele!"

"Brianna, o Hans NÃO é de PARIS! O papai comprou na venda de garagem de um vizinho, com uma torradeira, por dois dólares. A mamãe demorou o fim de semana inteiro para conseguir se livrar daquele FEDOR horrível!"

"Olha, não é culpa MINHA que a TORRADEIRA do papai tinha cheiro de meia suja de academia!!", Brianna rebateu.

"Não era a torradeira que tinha cheiro ruim. Era o HANS! Ele fedia!! Mais que o vestiário dos meninos na escola!", expliquei. "De jeito nenhum eu vou levar o Hans para PARIS com uma mochila da Princesa de Pirlimpimpim!" Devolvi o urso e a mochila para Brianna, enxotei os TRÊS do meu quarto, bati a porta e tranquei.

BANG! BANG! BANG!

Ah, que ótimo! Agora Brianna estava batendo na porta.

"Mas, Nikki, tem MAIS! É uma surpresa MÁGICA! Você vai ADORAR!! Prometo!"

"Obrigada, Brianna, mas neste momento tenho um avião para pegar. O que acha de eu ver a surpresa quando voltar de Paris?", gritei do outro lado da porta.

"NÃO! VOCÊ PRECISA LEVAR O HANS E A MINHA MOCHILA COM VOCÊ!! OU VAI SE ARREPENDER!", ela gritou.

Então, Brianna ficou quieta de repente. Pensei que ela tivesse saído da frente da minha porta, até que escutei meu pai no corredor.

"Brianna, pode me ajudar a levar a bagagem da Nikki para o andar de baixo? Leve a mala de mão, eu vou levar a grande. Tudo bem, querida?"

Olhei para o relógio. O motorista me buscaria em menos de uma hora, e eu AINDA precisava trocar de roupa. Decidi colocar meu vestido de verão PREFERIDO com as sandálias bonitinhas. Quando finalmente desci, minha família estava me esperando!...

EU, ME DESPEDINDO DA MINHA FAMÍLIA!

Tenho que admitir que senti um nó enorme na garganta e quase chorei enquanto todo mundo estava me abraçando.

Foi difícil acreditar que aquilo estava mesmo acontecendo. Eu FINALMENTE estava indo a PARIS com meus melhores amigos. Era um SONHO se tornando realidade!

Nem mesmo MacKenzie poderia arruinar esse momento maravilhoso.

Eu estava esperando na porta da frente com minha bagagem quando o carro estacionou. Meus amigos baixaram o vidro, sorriram e acenaram com animação.

Eu estava prestes a embarcar na aventura da nossa vida!

Em PARIS! E eu estava MAIS do que pronta!
^ ^ ^ ^ ^ ^
EEEEEE!!

!!

SEGUNDA-FEIRA, 18 DE AGOSTO

ATENÇÃO!

Este será meu registro MAIS LONGO DE TODOS aqui no diário!!

Mas isso por causa do tanto de DRAMA ABSURDO com que tive que lidar nas últimas vinte e quatro horas!

Então, aguente firme! Vai ser um passeio de montanha-russa!

Trevor havia organizado as coisas para que meus colegas de banda e eu voássemos de PRIMEIRA CLASSE com Victoria Steel.

Eu MAL PODIA ESPERAR para me sentar naquelas poltronas grandes e confortáveis enquanto os comissários de bordo nos papariçavam com cookies quentinhos e um copo de leite. DELÍCIA!!

Mas o mais emocionante da nossa viagem era que Brandon e eu íamos sentar lado a lado!

^^^^^^
EEEEEE ☺!!

O voo sem escalas para Paris ia durar sete horas e quinze minutos, o que significava que Brandon e eu poderíamos conversar MUITO!

Ainda bem que MacKenzie ia na classe econômica. Eu não teria que me preocupar com a possibilidade de ela enfiar aquele NARIZINHO arrebitado e bronzeado artificialmente nas minhas coisas!

Eu era a última pessoa da fila para pegar o cartão de embarque e despachar as malas quando, de repente, notei que meu passaporte não estava na bolsa!

AAAAIIII ☹!

COMO eu podia ter TIRADO O PASSAPORTE da bolsa?! Pensei que talvez tivesse enfiado em um bolso da jaqueta, mas também não achei. Fiquei muito chateada, estava prestes a cair no choro!

Como nosso avião ia partir em menos de uma hora, Chloe e Zoey ficaram para trás para me ajudar a procurar enquanto Victoria e o restante do pessoal passavam pela segurança em direção ao portão de embarque.

"Não se preocupe, Nikki!", Chloe disse. "Vamos encontrar seu passaporte!"

"Vamos ver dentro da sua mala. Tenho certeza que está aqui, em algum lugar!", Zoey me garantiu.

AI, MEU DEUS!! Eu estava SEMPRE perdendo coisas!

Tipo, meu diário, convites para festas, um figurino caro e, AGORA, meu passaporte.

Encontramos um espaço no chão e abrimos minha mala.

Havia BOAS e MÁS notícias.

A BOA NOTÍCIA é que encontramos o passaporte! Na correria para fazer a mala, eu o enfiei no meio das roupas.

A MÁ NOTÍCIA é que, sem querer, descobri um DESASTRE misterioso de proporções ÉPICAS!!...

Foi quando fechei os olhos e gritei...

"BRIANNA, COMO VOCÊ PÔDE FAZER ISSO COMIGO?!!"

Mas eu disse isso dentro da minha cabeça, então só eu mesma escutei!

Afinal, aqueles seguranças assustadores estavam nos observando.

A última coisa que eu queria era ser presa por "perturbar a paz" ou por "ter um chilique em público" e PERDER o voo para Paris!

Os ÚNICOS itens na minha mala eram meu pijama, pantufas de coelhinho, escova de dentes e meias, além da mochila da Brianna e do ursinho dela, aquele francês fajuto!

Fiquei IRADA! Eu ficaria em Paris, a capital mundial da MODA, por doze dias! Mas, graças à Brianna, a ÚNICA roupa que eu tinha me fazia parecer uma... PALHAÇA engraçadinha, desleixada e exausta!!...

EU, PASSEANDO COM HANS, USANDO MEU PIJAMA, AS PANTUFAS DE COELHINHO E TRÊS PARES DE MEIA ☹!

Telefonei para os meus pais e deixei uma mensagem DESESPERADA...

"Oi, aqui é a Nikki, e é uma EMERGÊNCIA! Todas as roupas que coloquei na mala DESAPARECERAM! Eu acho que a Brianna deve ter pegado tudo. Podem encontrar minhas roupas e trazer para mim aqui no aeroporto O MAIS RÁPIDO POSSÍVEL?! Vou esperar no Portão 7. Obrigada! Amo vocês!"

Eu estava rezando para eles ouvirem a mensagem! Mas eu tinha escutado a Brianna implorar para meus pais a levarem para ver o novo filme da Princesa de Pirlimpimpim, *A Princesa de Pirlimpimpim salva a ilha dos Bebês Unicórnios parte 11*. Então era bem provável que minha família estivesse no cinema e a ligação tivesse ido direto para a caixa postal.

Chloe, Zoey e eu ficamos esperando ansiosamente no Portão 7 que meus pais chegassem com uma entrega emergencial de roupas para salvar minha vida, então ouvimos um anúncio perturbador pelo alto-falante, que nos deixou abaladas...

"VOO 9257 COM DESTINO A PARIS, FRANÇA, EMBARQUE INICIADO NO PORTÃO 18. CONVIDAMOS OS PASSAGEIROS DA PRIMEIRA CLASSE E DA CLASSE EXECUTIVA PARA COMEÇAR A EMBARCAR AGORA. OBRIGADO."

Nós três congelamos, assustadas! "AI, MEU DEUS! Já começou o embarque para o nosso voo!", gritei. "Chloe e Zoey, é melhor vocês irem!"

"Você está MA-LUUU-CAAA?!", Chloe berrou. "Não vamos a LUGAR NENHUM! E as suas roupas?!"

"Nikki, só vamos se VOCÊ vier com a gente!", Zoey exclamou. "Vamos ficar JUNTAS!!"

Minhas melhores amigas tentaram discutir comigo, mas eu NÃO aceitei. Minha emergência de vestuário ia ter que esperar.

"DESCULPA! Mas DE JEITO NENHUM vocês vão perder o voo pra PARIS! Eu ainda preciso despachar minha bagagem. Então, eu encontro vocês no portão. Mas, por favor, VOCÊS TÊM QUE IR! E DEPRESSA!", gritei.

Finalmente convencidas, minhas melhores amigas me deram um abraço para me dar força e saíram correndo. Joguei a mochila nas costas, peguei as malas e corri de volta para a área de check-in. Felizmente, não tinha fila na primeira classe.

A atendente olhou para o relógio. "Você e sua bagagem estão atrasadas", ela disse. "Então você vai precisar se apressar se quiser pegar esse voo. Boa sorte!"

Minha próxima parada seria a segurança. Mas PRIMEIRO eu precisava desesperadamente me LIVRAR do Hans e da mochila da Princesa de Pirlimpimpim. Eu me RECUSAVA a arrastar aquele urso IDIOTA até PARIS!! Brianna teria que superar!

Corri para o banheiro mais próximo e esperei com impaciência até estar quase vazio. Então, assim que uma senhora fechou a porta de sua cabine, rapidamente completei minha MISSÃO SECRETA!...

ENFIEI O HANS E A MOCHILA DA PRINCESA DE PIRLIMPIMPIM EM UMA LATA DE LIXO E SAÍ CORRENDO PARA TENTAR PEGAR MEU VOO!!

Como estávamos indo para Paris em um Jumbo 747 enorme, o embarque ia demorar um tempo. Chloe e Zoey provavelmente tinham chegado ao portão e estavam entrando no avião.

Eu estava muito confiante. Ia encontrar minhas melhores amigas logo! ATÉ que escutei outro anúncio bem perturbador:

"ÚLTIMA CHAMADA PARA O EMBARQUE DA PASSAGEIRA NICOLE J. MAXWELL NO VOO 9257 COM DESTINO A PARIS. POR FAVOR, DIRIJA-SE AO PORTÃO 18 IMEDIATAMENTE. AS PORTAS DA AERONAVE SERÃO FECHADAS EM DEZ MINUTOS! MAIS UMA VEZ, ESTA É A CHAMADA FINAL PARA O EMBARQUE DE NICOLE J. MAXWELL. OBRIGADO!"

AI, MEU DEUS! Eu ia perder o voo! Só tinha dez minutos... na verdade, nove... para passar pela segurança e chegar ao Portão 18! Não pensei que minha situação HORROROSA pudesse ficar AINDA pior. Mas, de alguma forma, sempre piora!...

EU, CHOCADA E SURPRESA POR VER O URSO E A MOCHILA DE NOVO 😦!!

Consegui sorrir e disse: "Muito gentil da sua parte devolvê-los para mim. MUITO obrigada!" Mas, assim que ela se afastou, olhei ao redor à procura de uma lata de lixo para jogar minhas coisas. DE NOVO!

Vi uma perto dali, mas um segurança grandão estava bem próximo dela. Ele não parecia ser o tipo sensível que entenderia uma adolescente desesperada para se livrar de um lixo inútil que a pestinha da irmã mais nova havia enfiado, em segredo, dentro da mala dela. Então, logo decidi que seria prudente ficar com tudo, pelo menos até chegar em Paris.

Depois de finalmente passar pela segurança, corri até o Portão 18! Todos os passageiros tinham embarcado, e uma mulher estava prestes a fechar a porta que levava ao avião.

Quando eu disse meu nome, ela pegou o cartão de embarque e me levou à aeronave. Quase não consegui acreditar que tinha conseguido! ÊÊÊÊÊ ☺!!! AI, MEU DEUS! Eu estava TÃO feliz por ver todo mundo de novo! Mas Victoria obviamente NÃO FICOU muito feliz ao me ver!...

Meus colegas de banda estavam tão confusos quanto eu. Eles ficaram olhando, chocados e sem acreditar. "MacKenzie, você acha mesmo que eu devia ser DEMITIDA e VOLTAR PARA CASA só porque estou um pouco atrasada?! Cheguei antes de o avião partir!", exclamei.

"NÃO! Você devia ser DEMITIDA e VOLTAR PARA CASA porque esse seu ursinho é tão ASSUSTADOR que nos forçar a olhar para ele é UM CASTIGO IMPERDOÁVEL!!", MacKenzie resmungou. "Nikki, como você consegue dormir à noite com essa coisa?! Ele tem a cara do boneco Chucky e o corpo de uma capivara!!"

"Para sua informação, não é MEU ursinho!! É da BRIANNA!", rebati.

"AI, MEU DEUS! Você roubou o ursinho da sua irmãzinha?! Amiga, você precisa de MUITA ajuda!"

"Eu NÃO roubei nada! Eu ENCONTREI! Mas é uma história complicada, MacKenzie. Se eu tivesse mais tempo, explicaria com fantoches de meia e riminhas infantis para você conseguir entender!", murmurei.

"Olha, não precisa MENTIR sobre a sua obsessão com esse ursinho e essa mochila da Princesa de Pirlimpimpim! Sei lá, você está andando com eles em plena luz do dia. Para ser sincera, eu acho que seria adorável. SE você ainda tivesse QUATRO anos!", MacKenzie disse, rindo.

"SENHORES PASSAGEIROS, POR FAVOR, SENTEM-SE, AFIVELEM OS CINTOS DE SEGURANÇA E SE PREPAREM PARA A DECOLAGEM!", uma comissária de bordo anunciou.

"Acho que eles estão falando com VOCÊ!", MacKenzie disse com grosseria e me dispensou. "Por falar nisso, MEU assento é... Ops, quer dizer... o SEU assento é o 25D. Divirta-se na econômica, querida! TCHAUZINHO!"

MacKenzie tinha acabado de me mandar TCHAUZINHO?! Eu estava MUITO irada, seria capaz de... CUSPIR!! E ela estava no MEU assento! Mas essa não era a pior parte! Ela estava sentada do LADO do meu CRUSH, o Brandon!! Enquanto eu SENTARIA ao lado de...

...UM DEMÔNIO DA TASMÂNIA DISFARÇADO DE MENININHO TRAVESSO DE TRÊS ANOS!!

AI, MEU DEUS! A Brianna perto daquele menino podia ser considerada A CRIANÇA MAIS COMPORTADA DO MUNDO!

Meu assento estava tão PEGAJOSO e cheio de GERMES, por causa dos petiscos, sucos e brinquedos dele, que senti vontade de pedir à comissária de bordo para me trazer uns lenços umedecidos, um desinfetante e uma ROUPA DE ASTRONAUTA! E ainda nem tínhamos decolado!

"AAAAAAAHHHHH!!"

Essa sou eu GRITANDO de frustração! Mas eu fiz isso dentro da minha cabeça, então só eu mesma escutei! Vou ter sorte se SOBREVIVER a essa viagem a PARIS!! Até aqui, está sendo um DESASTRE COMPLETO!

Em apenas uma hora, eu já perdi:

1. meu assento na primeira classe

2. as roupas que eu tinha separado para a viagem

3. minha autoestima

4. o respeito da diretora criativa, Victoria

5. a paciência com MacKenzie.

Naquele momento, recebi uma mensagem do...

AI, MEU DEUS! Por essa eu NÃO esperava! Senti um frio enorme na barriga!

Meu rosto ficou quente, e a palma das minhas mãos ficou suada.

E não teve nada a ver com o fato de aquele pestinha ter derrubado um copo de suco na minha CABEÇA.

Eu finalmente estava a caminho de PARIS!

Parecia que eu SONHAVA com esse dia há uma ETERNIDADE!!

E Brandon escreveu "EDV", que significa...:

"Escreve de volta!"

^^^^^^
EEEEEE!
☺!!

TERÇA-FEIRA, 19 DE AGOSTO

Eu admito que estava com o humor péssimo quando entrei no avião. Mas ontem cheguei ao Aeroporto Charles de Gaulle com outra atitude!

BONJOUR, PARIS ☺!

A única vantagem de me sentar ao lado de uma CRIANCINHA chorona durante o voo todo foi que eu NÃO CONSEGUI dormir! Então passei sete horas treinando meu francês...

Je m'appelle Nikki! Isso quer dizer: "Eu me chamo Nikki!"
J'adore Paris! Isso quer dizer: "Eu adoro Paris!"

Viu como eu sou BOA?!

"Chegamos!", Chloe e Zoey gritaram quando saímos do aeroporto e respiramos o ar da França.

Talvez tenha sido só minha imaginação, mas senti o cheiro de croissants recém-assados, perfumes caros e, hum... pintura a óleo.

Inspirada por renomados artistas franceses, como Monet, Degas, Rodin, Renoir e Delacroix, decidi elevar minha PRÓPRIA arte com um novo estilo de ilustração de moda. Vou assinar meu novo trabalho como

Nicole J. Maxwell

que tem um ar MUITO chique, artístico e... FRANCÊS ☺!

Nós nos enfiamos em duas vans pretas brilhantes e seguimos para o nosso hotel. De acordo com o panfleto na pasta que Victoria havia nos dado, ficava perto da Torre Eiffel. SIM! A TORRE EIFFEL!!

Quando chegamos ao L'Hôtel Magnifique de Paris, arfamos e olhamos em êxtase para o lugar. Chamar de maravilhoso era pouco! Eu me belisquei para ter certeza de que não estava sonhando.

Saímos correndo da van, e Brandon pegou sua câmera e começou a tirar fotos. Depois que vários ônibus lotados de turistas saíram do hotel, ele tirou uma foto minha, de Chloe e Zoey na frente de uma fonte linda na entrada principal...

Nicole J. Maxwell

Nós demos um abraço em grupo e sorrimos para a câmera...

AI, MEU DEUS! Nosso sonho de visitar Paris juntas FINALMENTE tinha se realizado!

"Certo, ninguém move um músculo!", MacKenzie gritou enquanto corria na nossa direção. "Por favor, fiquem bem aí!"

Nós a olhamos, muito surpresas. Apesar de ela ser nossa estagiária de mídias sociais, raramente tirava fotos — só se fosse para nos humilhar. PARIS já estava tendo um impacto positivo em MacKenzie?!

"Preciso manter essa calçada vazia. Para a minha BAGAGEM! Então, fiquem longe!", ela resmungou.

NÃO! Paris estava fazendo com que ela se tornasse a maior rainha do drama DE TODOS OS TEMPOS. Atrás dela estavam dois carregadores do hotel lutando para empurrar um carrinho cheio de malas de grife. AI, MEU DEUS! Eu NÃO conseguia nem imaginar o ESTRESSE de viajar com NOVE malas cheias de roupas caras, sapatos e joias! Mas eu era madura e esperta o suficiente para lidar com essa situação SE fosse totalmente necessário...

EU, FORÇADA A VIAJAR COM UM MONTE DE MALAS CARAS LOTADAS DE ROUPAS DE MARCA, SAPATOS E JOIAS!

O que eu posso dizer?! Sou uma pessoa MUITO disciplinada.

Quando MacKenzie passou por nós, Zoey não conseguiu esconder a frustração. "Hum... MacKenzie! Aonde você vai? Você tinha que estar documentando essa viagem para as nossas redes sociais", ela reclamou.

Trevor Chase havia dito a ela para tirar muitas fotos. Ele achava que fotos e vídeos dos bastidores nos ajudariam a construir uma marca nas redes sociais e aumentariam nosso número de seguidores.

"TÁ BOM ENTÃO!", MacKenzie resmungou. "Eu prefiro documentar uma mancha de BOLOR se desenvolvendo no meu lanche a passar minhas férias tirando fotos de vocês três, suas FRACASSADAS. Excusez-moi. Assim que deixar minha bagagem no hotel, vou FAZER COMPRAS! Então... tchauzinho!"

Eu nem consegui acreditar que a MacKenzie tinha feito TCHAUZINHO bem na nossa CARA daquele jeito!

Será que ela NÃO percebe que NÓS somos o motivo de ela estar aqui em PARIS causando HÉRNIAS na coluna desses pobres carregadores, forçando-os a empurrar seus trezentos quilos de MALAS de marca?! Algumas pessoas SABEM ser ingratas!!

O saguão do hotel de luxo mais parece um palácio. Tem carpete vermelho macio com lindos móveis antigos, que brilham sob a luz de três candelabros enormes, cada um com mais de cem velas!

Prendi a respiração quando Victoria pegou seu iPad para anunciar como os quartos seriam divididos. Acho que eu AINDA estava bem traumatizada por ter tido que dividir o quarto com a VÍBORA viciada em gloss na nossa última turnê ☹!

Ainda bem que, dessa vez, acabei ficando num quarto com a Chloe e a Zoey. E a Violet teve a sorte de pegar um quarto só para ela na suíte que vai dividir com a Victoria e a MacKenzie.

A Victoria e a MacKenzie são colegas de quarto. Olha, essas duas se merecem TOTALMENTE.

Sob o olhar atento da Victoria, MacKenzie vai ter que TRABALHAR como estagiária, em vez de apenas fazer compras, comer em restaurantes chiques e ficar no spa o dia todinho!

Chloe, Zoey e eu estamos em uma suíte linda com dois quartos. E minhas melhores amigas maravilhosas INSISTIRAM para eu ficar em um quarto sozinha enquanto elas dividem o duplo.

"Nikki, você merece muito esse quarto!", Zoey insistiu.

"Você é o motivo de TODOS estarmos aqui!", Chloe comentou.

Olha, eu não tive como ir contra! Bom, meu quarto é ~~MUITO MAGNÍFICO~~ TRÈS MAGNIFIQUE!

E o folheto estava certo. Tem vista para a Torre Eiffel!!

^^^^^^
EEEEEE ☺!!!...

Depois de explorar minha suíte e de tirar um montão de fotos, finalmente liguei para minha família e avisei que tinha chegado bem. Eles disseram que já estavam com saudade, apesar de eu ter partido fazia menos de vinte e quatro horas. Então, minha mãe me deu uma notícia bem chocante!

"Nikki, sinto MUITO pela Brianna ter tirado a maior parte das roupas da mala para abrir espaço para o ursinho dela! Ela disse algo sobre ele ter uma surpresa mágica. Bom, querida, lembra daquele cartão de débito que te dei para casos de emergência? Pode usar para comprar o que estiver faltando. Pode ser?"

Então ela me disse para procurar uma loja popular em Paris chamada Mon Amour, especializada em roupas adolescentes DA MODA por um bom preço. Eu poderia até comprar online e buscar meu pedido em uma loja próxima. Eu tinha que admitir que me SENTI um pouco... CULPADA.

Tentei muito convencer a minha mãe de que ela NÃO PRECISAVA comprar roupas NOVAS para mim!...

Bom, não consigo acreditar que a minha mãe, supereconômica como é — que costura os furos das minhas meias velhas para dar para as minhas primas ingratas —, está me FORÇANDO a fazer compras.

Que MA-LU-QUI-CE é essa?!!

É, tipo, PUF! Vou ganhar um guarda-roupa novo e chique em PARIS, a capital da moda!

AI, MEU DEUS! Não é que a Brianna é mesmo uma MÁGICA poderosa?!

Como todo mundo estava exausto e afetado pelo jet lag, passamos o dia relaxando, jantamos no quarto e dormimos cedo.

A última coisa que me lembro foi de ter me deitado na minha cama confortável e olhado pela janela, hipnotizada pela TORRE EIFFEL, que brilhava na escuridão! Sussurrei, maravilhada: "J'adore Paris", e adormeci feliz.

!

QUARTA-FEIRA, 20 DE AGOSTO

Eu sei que vai parecer meio esquisito, mas acabei de perceber que meu diário está sofrendo com o jet lag tanto quanto eu!

Então, hoje, vou atualizar meus registros.

Todo mundo estava tão cansado que ontem acabamos dormindo até MEIO-DIA. Depois, passamos a tarde em reuniões SUPERchatas com a Victoria. O Trevor participou pelo Zoom.

Ele disse que vamos fazer uma sessão de fotos e uma entrevista para a revista adolescente mais popular da França, a *Oh Là Là Chic!*, na quinta-feira, 28 de agosto.

^^^^^^
EEEEEE ☺!!

Mas escuta essa! Além de algumas reuniões, meus colegas de banda e eu vamos trabalhar SÓ UM DIA enquanto estivermos em Paris!

Dá para acreditar?! Já a MacKenzie vai estar tão ocupada que vai ter uma estagiária assistente para ajudar com o volume de trabalho. Sinto muito por NÃO sentir muito!

Nossos pais assinaram uma permissão para podermos percorrer a cidade, desde que a gente sempre avise a Victoria E siga uma lista enorme de regras.

O Trevor vai pagar todas as nossas despesas, e teremos um pequeno valor para gastar por dia. Bom, é difícil acreditar que já é quarta-feira e que estamos em Paris há DOIS dias!

Estamos SUPERanimados porque FINALMENTE ficamos livres para deixar o hotel e começar a explorar a cidade.
^ ^ ^ ^ ^ ^
ÊEEEEE☺!!

Todo mundo está MORRENDO DE VONTADE de fazer todas as coisas mais parisienses que Paris pode oferecer.

Chloe, Zoey e Violet decidiram visitar um café que fica a dois quarteirões do hotel, e eu concordei em encontrar as três lá. Ele se chama

LE PETIT CAFÉ,

que quer dizer "A pequena cafeteria".

A boa notícia é que tudo o que estudei no avião vai me ajudar, porque agora posso falar FRANCÊS com as pessoas da cidade.

Não pode ser muito DIFÍCIL, né?

Quando cheguei, Chloe, Zoey e Violet já tinham feito o pedido.

Elas estavam do lado de fora, sentadas a uma mesa linda, tomando suas bebidas, parecendo muito CHIQUES.

Minhas amigas se ofereceram para ir lá dentro comigo, mas eu tinha CERTEZA de que conseguiria pedir meu café sozinha...

"Non, merci. Je reviens tout de suite." Eu sorri e corri para dentro.

Não quero me gabar, mas meu francês é tão bom que eu estava impressionada COMIGO MESMA!

Pensei que os franceses ali estariam vestidos da cabeça aos pés com as roupas mais chiques, dos loafers LOUIS VUITTON até os chaveiros CHANEL.

Então fiquei surpresa quando vi que parecia que todo mundo tinha acabado de sair da cama e pegado a primeira peça amassada que viu pela frente. Não tenho ideia de como fizeram isso.

Sempre que tento fazer a chique desleixada, parece que vesti todas as peças da caixa de achados e perdidos da minha escola. Mas, quando os franceses fazem a mesma coisa, fica... hum... très chic!

Esperei na fila, tentei me misturar e NÃO SORRIR (também algo muito FRANCÊS)!

Desculpa, mas, se eu morasse em Paris, sorriria o tempo todo!! POR QUÊ?! Porque estaria absurdamente feliz por viver em Paris em vez de Westchester, Nova York!!

DÃ!!

Bom, pratiquei mentalmente como pedir minha bebida preferida: um cappuccino gelado de caramelo com chantili e mais caramelo por cima.

Quando enfim chegou minha vez, eu sorri, dei um passo para me aproximar do balcão e...

ME DEU UM BAITA BRANCO!

Não acreditei que aquilo estava acontecendo comigo!

"Je voudrais que vous sentiez mes pieds", murmurei com nervosismo para a barista francesa com cara de tédio.

"Pardon?" Ela ergueu as sobrancelhas para mim.

"Errr..." Eu não esperava nenhuma resposta.

Então repeti o que disse, mas muito mais devagar e alto, como se estivesse falando com a vovó Maxwell...

Foi quando a barista ofegou e só ficou olhando para mim...

AI, MEU DEUS! Parecia que ela estava sentindo o cheiro de algo muito fedorento. Eu resisti à vontade de cheirar minhas axilas disfarçadamente.

"Oh là là là là là!!", ela resmungou, olhando para mim.

E eu fiquei meio: "Huuummmm...?!!" Era ASSIM que os cafés funcionavam em Paris?!

De repente, a sra. Barista Francesa pegou um trapo e começou a me enxotar, gritando: "T'ES GROSSIÈRE, MÉCHANTE!"

Eu não fazia ideia do que ela estava gritando, mas entendi direitinho o gesto internacional para... DESAPARECER!

Por isso, lentamente me afastei dela.

Não sabia que pedir um café pudesse ser tão TRAUMÁTICO! Até que um cara — eu acho que ele era o gerente — saiu da cozinha e veio atrás de mim para me expulsar com uma VASSOURA!...

EU, SAINDO DO CAFÉ, CORRENDO PRA VALER!

Infelizmente, NÃO consegui meu cappuccino de caramelo com chantili e mais caramelo por cima ☹!

Saí correndo do café e voltei de mãos vazias para onde minhas amigas estavam. Eu NÃO conseguia acreditar que todo mundo quis começar a me fazer perguntas pessoais, cuidando da minha vida, como... "Cadê seu café?!", "Nikki, você está bem?!", "O que aconteceu ali?!"

"Acho que cometi algum erro com o meu pedido ou algo assim", respondi, suspirando. "E a barista devia estar num dia ruim, porque ela superperdeu o rebolado. Aí o gerente apareceu e me pediu para sair... Foi meio assim!"

"O QUÊ?!!", minhas amigas exclamaram, confusas. "AI, MEU DEUS! O que exatamente você disse à barista?", Chloe perguntou.

"Je voudrais que vous sentiez mes pieds", falei, dando de ombros. Violet se encolheu. "Nikki, por favor, diga que você está brincando!"

O que eu queria dizer...

O que eu disse...

AI, MEU DEUS! FIQUEI COM TANTA VERGONHA!!

Queria abrir um buraco bem fundo, me enfiar nele e...

MORRER ☹!!

"Sério?! Você disse mesmo à barista para ela CHEIRAR SEUS PÉS?", Zoey riu.

Minhas amigas riram tanto que quase choraram.

AAAARRRRRRGH!!

Tradução: acho que meu francês ainda precisa ser mais trabalhado. Na verdade... MUITO trabalhado!!

"Mas, deixando a brincadeira de lado, calma", Violet disse com empatia. "Quando menos esperar, você vai estar falando como uma parisiense!"

"Amiga, tudo bem!", Chloe concordou.

"Tenho uma ideia!", Zoey exclamou. "Vamos voltar lá! Vamos AJUDAR você a fazer seu pedido!"

"Obrigada, mas não precisa", murmurei. "Eu perdi totalmente a vontade de tomar café."

"Tá, então peça uma água", Chloe sugeriu. "Vai ser bem mais fácil de pedir do que um cappuccino gelado de caramelo com chantili e mais caramelo por cima."

Eu tinha que admitir que Chloe estava certa.

"ÁGUA? Parece bom", concordei. "E, pensando bem, todo esse DRAMA me deixou com muita SEDE!"

Senti uma onda de confiança quando percebi que podia pedir água com facilidade. Sabe como é, como uma PARISIENSE de verdade. Sem NENHUMA ajuda das minhas amigas.

Elas pegaram suas bebidas para entrar de novo no café, mas eu corri na direção oposta...

EU, TOMANDO ÁGUA COMO UMA PARISIENSE DE VERDADE!

Eu estava com TANTA sede que tomei praticamente DEZ litros de água.

Fiquei feliz por minhas amigas me apoiarem e se oferecerem para me ajudar a fazer um pedido no café.

Mas... DESCULPA!!

Eu NÃO pisaria de novo naquele lugar ASSUSTADOR!!

Não havia bebida no mundo que eu quisesse tanto a ponto de me colocar em risco de TOMAR UMAS LAMBADAS com um pano ou ser SURRADA com uma vassoura!

Além disso, o bebedouro era GRÁTIS e SEGURO!

Nós nos sentamos na frente do café, rindo e fazendo uma lista de lugares que planejávamos visitar enquanto estivéssemos em Paris. Segue a MINHA lista:

1. Torre Eiffel

2. Museu do Louvre

3. Arco do Triunfo

4. Loja de arte Sennelier

De qualquer forma, hoje eu aprendi uma lição importante. Preciso MUITO melhorar meu francês.

Caso contrário, alguém vai acabar tendo sérios problemas!

"Alguém" quer dizer...

MOI!!

☹!!

QUINTA-FEIRA, 21 DE AGOSTO

Na terça-feira, eu passei duas horas comprando roupas pela internet. Foi DEMAIS!

Comprei as peças mais FOFAS! Mas a melhor parte é que tudo estava com um preço bem razoável.

Bom, ACABEI de receber um e-mail dizendo que meu pedido está pronto para ser retirado! ÊÊÊÊÊÊ ☺!!

Ainda bem que Chloe, Zoey e Violet foram generosas o suficiente para me emprestar roupas hoje cedo, caso contrário eu AINDA estaria usando o mesmo VESTIDO com que cheguei.

Eu sei... UM HORROR ☹! Como sou uma jovem muito madura e responsável, percebi que buscar minhas roupas era uma tarefa essencial que precisava ser realizada O MAIS RÁPIDO POSSÍVEL.

A loja fica a cerca de oito quilômetros do meu hotel. Então, eu estava procurando no Google como chegar lá quando recebi uma mensagem de texto.

Fiquei muito surpresa ao ver que era do
BRANDON ☺!...

Eu tive que tomar uma decisão difícil!

Deveria sair com meu crush ou ir buscar as roupas novas de que vou precisar para a próxima semana?

Principalmente porque a ÚNICA coisa limpa que ainda tenho na mala é UMA meia.

A resposta foi óbvia! Enviei uma mensagem para o Brandon...

^^^^^^
EEEEEE ☺!!

Acho que NÃO sou tão madura e responsável como pensei que fosse. Já que o restaurante fino exige certas roupas, eu não tive escolha a não ser usar meu vestido. DE NOVO!

Espirrei meio vidro de perfume para o caso de o vestido estar um pouco fedorento.

Então escovei os cabelos, passei meu gloss PREFERIDO e peguei o elevador para o restaurante.

Brandon já estava esperando por mim.

Quando ele me viu, abriu um sorriso enorme e, inquieto, afastou a franja dos olhos.

AI, MEU DEUS! Aquilo meio que parecia um encontro ☺!

Mas NÃO ERA ☹!

Eu acho que só estar em PARIS fazia TUDO parecer SUPERespecial.

O maître nos acomodou a uma mesa perfeita para dois. Era num terraço dos sonhos, com vista para um jardim florido lindo, cheio de borboletas voando ao vento suave enquanto pássaros gorjeavam em harmonia.

AI, MEU DEUS! Foi tão... ROMÂNTICO!

Até sermos grosseiramente interrompidos por uma voz muito familiar BERRANDO com a gente do outro lado do salão!!...

"IU-HUUUU! BRANDON E NIKKI! NÃO OUSEM FICAR AÍ SENTADOS, SÓ VOCÊS DOIS! VENHAM PRA CÁ, A GENTE FAZ QUESTÃO! S'IL VOUS PLAÎT!"

AI, MEU DEUS!

Era MACKENZIE!!

Ela estava sentada a uma mesa com Victoria, e parecia que elas estavam em uma reunião ou algo assim.

Brandon e eu entramos em pânico e nos olhamos, aterrorizados. Observamos, sem poder fazer nada, enquanto MacKenzie se aproximava de nós como uma... ESQUILA... exaltada... sarnenta... com espuma na boca... e RAIVA!

"AI, MEU DEUS, Nikki! Você AINDA está com esse vestido FEIO?! Está tão SUJO que dá para criar cogumelos frescos nele para comer na salada. Bom, a Victoria disse que vocês precisam se sentar COM A GENTE. Ela quer que vocês conheçam nosso novo estagiário de mídias sociais, que vai chegar a qualquer minuto. Vocês vieram na hora CERTINHA!", MacKenzie sorriu.

Aquele comentário maldoso dela sobre cogumelos foi CRUEL! Eu nem GOSTO de cogumelos.

Não tínhamos escolha. Por isso, nós nos sentamos com a Victoria, pedimos sorvete e tentamos ignorar a MacKenzie.

O que era IMPOSSÍVEL, diga-se de passagem!

Victoria sorriu e acenou quando uma pessoa se aproximou da nossa mesa.

"Pessoal, este é o nosso NOVO estagiário de mídias sociais! Acho que vocês já se conhecem...!"

EU, CHOCADA, E BRANDON, ABISMADO, POR ANDRÉ SER O NOSSO NOVO ESTAGIÁRIO DE MÍDIAS SOCIAIS!

Eu admito, ISSO foi totalmente inesperado!

Mas André é de Paris e tem até uma casa aqui. Então, ele não estava nos perseguindo nem nada assim.

Ele também fala francês fluentemente e conhece bem a cidade.

André estava do jeito como eu me lembrava dele:

1. roupas caras

2. relógio chamativo

3. alto e esguio

4. um sorriso de matar.

Apesar de eu ser 100% TIME BRANDON, ainda assim consigo entender por que o André faz TANTO sucesso com as meninas na escola, principalmente as GDPs!

Para ser sincera, eu acho que o André vai ser um ÓTIMO estagiário e o guia turístico PERFEITO para Brandon e para mim!

Ou talvez...

NÃO!!

O coitado do Brandon parecia ter acabado de ver um zumbi ou algo assim. Foi quando eu de repente lembrei que ele e André NÃO se dão bem!

Nem um pouco!

Eles discutem pelas coisas mais BOBAS e quase têm ataques de birra, como se fossem duas crianças mimadas no parquinho.

"CARA! O que VOCÊ está fazendo aqui?!", Brandon exclamou, ainda em choque.

Ele é totalmente imune ao sorriso magnético do André...

ANDRÉ, O NOVO ESTAGIÁRIO!

"Pessoalmente, eu QUERIA que você tivesse resistido!", Brandon resmungou baixinho.

Ele ficou olhando feio para a cara do André. Então enfiou a colher com raiva no sorvete, como se a massa estivesse tentando escapar da tigela e fugir.

"Olha, te ver aqui é uma grande surpresa!", falei, ignorando o comentário ácido do Brandon. "Então, hum... há quanto tempo você voltou para Paris, André?"

"Há alguns dias. Na verdade, Nicole, eu voltei só para ver VOCÊ... e o pessoal." André sorriu e piscou.

Depois de um tempão, a Victoria anunciou que tinha uma entrevista em um programa da televisão francesa em duas horas e precisava fazer cabelo e maquiagem. Então nossa reunião terminou.

Enquanto Brandon e eu pegávamos o elevador para o nosso andar, ele parecia bem quieto e um pouco... tenso.

Por fim, ele disse: "Nikki, eu sei que você e o André são amigos, então, se quiser passar um tempo com ele, tudo bem, eu entendo. Mas, só porque ele é SEU amigo, não quer dizer que seja MEU também."

"Brandon, estou tão surpresa quanto você por ver que o André está aqui! E ele é um cara MUITO legal depois que a gente conhece melhor."

Brandon com certeza não estava interessado em me ouvir falar do André.

Ele torceu o nariz como se tivesse sentido um cheiro ruim.

"Bom, da minha parte não QUERO conhecê-lo melhor. Fiquei chateado que as coisas não aconteceram conforme o planejado. A gente ia tomar um sorvete juntos e conversar. E o que aconteceu não foi NADA disso!", ele suspirou.

"Não foi culpa sua, Brandon. Não sabíamos que a Victoria ia nos arrastar para uma reunião. E eu AMEI o sorvete! Estava... DELICIOSO", eu disse, animada, tentando fazer com que ele se sentisse melhor.

"Bom, na próxima vez que eu escolher um lugar para nos encontrarmos, vai ser a QUILÔMETROS de distância d..." Ele parou de falar e olhou para o chão.

Fiquei tentando imaginar como o Brandon teria terminado a frase.

Ele queria estar a quilômetros de distância...

Da MacKenzie? Da Victoria? Do André?

Daquele vestido fedorento que eu tive que usar DE NOVO?!

Brandon tinha razão! Nosso encontrou FOI um DESASTRE! Apesar de não ter sido oficialmente um encontro. Para animá-lo, decidi contar uma piada boba.

EU: "Toc, toc".

BRANDON (fazendo cara de tédio): "Quem é?"

EU: "Torre".

BRANDON: "Torre do quê?"

EU: "TÔ REVOLTADA por você estar se sentindo mal. Entendeu?"

Brandon riu. "Sim, Torre. Muito engraçado."

Fiz um grande esforço para não rir e acabei roncando como uma porca.

"ISSO, sim, foi engraçado." Brandon abriu um sorrisão.

Quando saímos do elevador, nós dois estávamos rindo histericamente.

"Então, vou encontrar um lugar melhor para irmos e mando mensagem pra você, tudo bem?", Brandon sorriu.

"Já estou ansiosa!", falei, rindo.

Bom, acho que MESMO ASSIM a gente se divertiu muito juntos.

Apesar de as coisas não terem saído como o planejado.

C'est la vie!

☺!

SEXTA-FEIRA, 22 DE AGOSTO

Hoje cedo, acordei com uma mala vazia ☹.

Bom, quase vazia. O ursinho da Brianna, Hans, e sua mochila da Princesa de Pirlimpimpim ainda estavam ali TOMANDO a maior parte do espaço.

Pensei seriamente em jogar os dois no rio Sena, que passa pelo centro de Paris. Mas eu provavelmente seria presa por jogar lixo no rio e acabaria perdendo o voo de volta para casa.

Eu estava no saguão do hotel olhando o GPS no meu celular e tentando descobrir onde pegar as roupas que comprei pela internet quando André entrou no hotel.

"Bonjour, Nicole!", ele disse, sorrindo. "Como está?!"

Fiquei surpresa por vê-lo outra vez, até lembrar que ele é nosso novo estagiário assistente. Vamos encontrá-lo com frequência.

"*Bonjour, André!*", corei.

Por algum motivo esquisito, eu sempre me sinto MUITO madura quando André me chama de Nicole. "Para onde você vai agora?!", ele perguntou.

De jeito NENHUM eu ia contar a ele que tinha chegado em Paris só com um ursinho de pelúcia idiota e uma mochila porque a pestinha da minha irmã mais nova tinha roubado todas as minhas roupas.

"Ah, é uma história meio longa. Eu tive um... problema com a bagagem, e agora a maior parte das minhas roupas... desapareceu", expliquei.

"Que chato, Nicole. Quando a companhia aérea perde a nossa bagagem, é um ESTRESSE! Mas tenho certeza que ela vai aparecer. Posso fazer alguma coisa para te ajudar?", ele perguntou.

"Na verdade, pode! Comprei umas roupas em uma loja online e preciso ir buscar. Pode me dizer qual é o melhor caminho para chegar lá?", perguntei, mostrando a ele o mapa no meu celular...

ANDRÉ E EU, TENTANDO ENTENDER A LOCALIZAÇÃO DA LOJA

De repente, André pareceu animado.

"Sei EXATAMENTE onde fica essa loja. É a PREFERIDA da minha irmã. Demora uns dez minutos de táxi. O que acha de eu buscar as roupas para você?!"

"Obrigada por oferecer, André, mas, se a Victoria te chamou para trabalhar, eu não quero que você fique fazendo favores para mim."

A última coisa que eu queria era que ele acabasse demitido no SEGUNDO dia de trabalho por enrolar.

Mas, pensando bem, a ÚNICA coisa que MacKenzie faz é ENROLAR, e ela NUNCA foi demitida.

"Na verdade, estou aqui hoje para um brunch com a minha madrinha. Ela sempre reclama que nunca nos encontramos quando estou na cidade", ele explicou.

"AI, MEU DEUS! VOCÊ VAI A UM BRUNCH COM A SUA MADRINHA?! ISSO É MUITO FOFO E BONITINHO!", eu disse, rindo.

André olhou ao redor para ter certeza de que ninguém tinha me ouvido e revirou os olhos.

"Shhh! Esse vai ser o NOSSO segredinho, tá? Me mande uma mensagem com as informações da sua compra. Vou buscar suas roupas e entrego depois", ele disse, olhando para o relógio. "Acho melhor eu ir. Para cada minuto de atraso, minha madrinha me faz passar cinco minutos ouvindo histórias chatas de quando eu era criança."

"Ela parece legal!", sorri.

"Para falar a verdade, ela é teimosa e cheia de manias. Mas é minha madrinha, então aprendi a lidar com as esquisitices dela. Au revoir, Nicole."

Antes que eu pudesse dizer tchau, André sorriu, acenou e desapareceu dentro do elevador.

Eu fiquei muito agradecida pela ajuda dele. Mas infelizmente isso deixou minha vida MUITO MAIS complicada.

POR QUÊ? A madrinha dele é a GERENTE do nosso hotel! E parece que ela é ALÉRGICA a sacolas de plástico!...

Eu estava no meu quarto quando bateram na porta. Pensei que fosse o André voltando com minhas roupas, mas me ENGANEI!

ERA O BRANDON ☺!! ÊÊÊÊÊÊ!!!

"Oi, Nikki. Encontrei um lugar muito legal para irmos. São duas fontes famosas chamadas Fontaines de la Concorde. Elas são muito bonitas, e eu quero tirar umas fotos. Espero que a MacKenzie e a Victoria não nos encontrem", ele disse de um jeito brincalhão.

"Perfeito! Eu vou amar desenhar essas fontes", respondi. De repente, notei que Brandon estava estendendo uma caixa de chocolates e uma caneca em que se lia: "Eu AMO Paris!" "Ah! Eu comprei isso no caminho!", ele disse, sorrindo e tímido. "Espero que goste."

AI, MEU DEUS! Eu NÃO conseguia acreditar que Brandon tinha feito aquilo! Mas surgiu a seguinte dúvida: ele estava me dando aquilo só como um bom amigo ou como MAIS do que um amigo?

De repente, ouvi OUTRA batida na porta...

Um dos carregadores empurrou um carrinho para dentro do meu quarto. Um carrinho abarrotado de caixas de presente bem bonitas.

Eu NÃO acreditei que cada uma das minhas peças de roupa tinha sido embrulhada para presente numa caixa linda com um laço. Fiquei MUITO impressionada!

AI, MEU DEUS!

Eu provavelmente tinha mais presentes que todos os que a minha família inteira ganhava no Natal. Mas o Brandon NÃO ficou nem um pouco impressionado. Ele parecia MUITO irritado.

"DE NOVO, NÃO!", Brandon disse, arregalando os olhos para André. "Cara, o que VOCÊ está fazendo aqui?! Não tinha que estar em outro canto agora? Tipo em um porão em algum lugar, cuidando de coisas das redes sociais?!"

"Eu estou fazendo o meu TRABALHO!", André respondeu. "Que no momento é ajudar a Nicole!"

"CERTO, VOCÊS DOIS! PAREM COM ISSO! AGORA!", gritei.

Surpresos, eles se viraram e olharam para mim.

"FOI ELE QUEM COMEÇOU!", ambos disseram, um apontando para o outro.

"NÃO FOI, NÃO!", os dois murmuraram.

Eu não acreditava que eles estavam agindo como criancinhas mimadas. DE NOVO! Eu NÃO era a babá deles! Agora que tinha resolvido o problema das minhas roupas, eu estava LOUCA para ver a cidade!

De repente, meu celular apitou. Era uma mensagem de texto enviada pela Victoria.

Ela avisava que teríamos uma reunião de emergência na sala dela em dez minutos.

QUE ÓTIMO ☹!!

Eu voltei a dar atenção aos meninos.

"Brandon, muito obrigada pela caneca de Paris e pelos chocolates. E, André, obrigada pela ajuda. Temos uma reunião com a Victoria em dez minutos, então é melhor irmos para lá!"

Os dois se despediram e saíram para se preparar para a reunião.

Ainda bem que eu finalmente ia poder usar MINHAS próprias roupas.

Acho que eu ia demorar uma hora só para abrir TODAS aquelas caixas.

Eu estava muito ansiosa para fazer isso.
^ ^ ^ ^ ^ ^
ÊÊÊÊÊÊ ☺!

Mas, para me reunir com Victoria, NEM TANTO!

☹!!

SÁBADO, 23 DE AGOSTO

Desenho que fiz de um casal FOFO que eu vi!
#QueroUmNamoroAssim

Nicole J. Maxwell

HOJE EU VISITEI...
A TORRE EIFFEL!

LOCAL: Torre Eiffel
JEITO FÁCIL DE FALAR: Torre "Eifél"
NA FRANÇA ELA É CHAMADA DE: La Tour Eiffel

CURIOSIDADES: Há mais de cem antenas no topo da Torre Eiffel, que ajudam as pessoas em Paris a assistir TV. Três tons diferentes de tinta fazem com que a torre pareça ainda mais alta do que é, com a cor mais clara no topo e a mais escura na base.

DO QUE MAIS GOSTEI!: A vista da cidade e as diversas surpresas em cada um dos três níveis. Para economizar tempo e dinheiro E evitar filas, pegue as escadas para os dois primeiros andares. Eu vi o chão de vidro no primeiro piso, depois comprei sorvete com o dinheiro que economizei subindo pela escada ☺. A escada para o segundo piso tinha uma vista bacana também! Nesse andar, comprei presentes nas lojas de suvenir, depois peguei um elevador com paredes de vidro até o andar de cima para ver mais paisagens incríveis!

NÃO PERCA!: O incrível show de luzes à noite. A cada hora, por cinco minutos, a torre toda brilha!

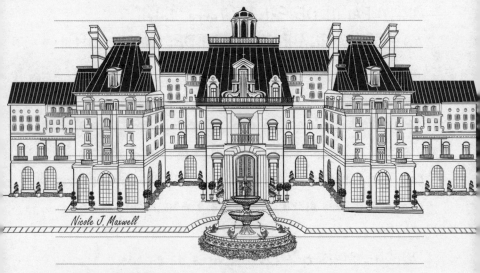
De volta ao L'Hôtel Magnifique de Paris...

A Torre Eiffel era prioridade porque era a vista da janela do meu hotel.

Foi ali que vi o casal fofo que me lembrou Brandon e eu. Mas acho que eles deviam estar na faculdade.

Fiz um desenho do casal tirando uma selfie.
^^^^^^
ÊÊÊÊÊÊ ☺!!

Eu estava muito ansiosa para visitar as Fontaines com Brandon. Mas ele não tocou mais no assunto desde a discussão com André.

Na verdade, ele MAL FALOU comigo desde então.

Só espero que não esteja bravo ☹.

Violet disse que ouviu os meninos conversando sobre ir a um jogo de futebol profissional.

Eu mal vi Marc e Theo, exceto nas nossas reuniões com Victoria. Então, Brandon provavelmente vai estar bem ocupado se estiver na companhia deles.

Quase me esqueci de uma atualização MUITO importante!...

Recebemos notícias CHOCANTES na reunião com a Victoria ontem.

Nossa sessão de fotos para a revista *Oh Là Là Chic!*, marcada para quinta-feira, foi adiada e pode ser que nem aconteça!

Parece que o fotógrafo está em Milão trabalhando com Blaine Blackwell em um grande evento de moda.

Caso o fotógrafo não termine o trabalho em Milão e voe para cá até quarta-feira à noite, nossa sessão de fotos será CANCELADA.

Vou ficar decepcionada se não aparecermos na capa da revista. Ainda mais porque meus colegas de banda estão muito animados para as fotos.

MacKenzie vai ficar ENFURECIDA! Ela estava planejando usar a capa para impressionar a Bad Boyz com sua incrível... FOTOGENIA!

Essa palavra existe?!

Mas isso TAMBÉM quer dizer que eu NÃO teria que explicar o que aconteceu com o figurino MUITO caro que eu ia usar NA capa da revista.

E meu enorme segredo obscuro estaria seguro!

ESTOU MUITO CONFUSA!

☹!!

DOMINGO, 24 DE AGOSTO

AI, MEU DEUS! Eu estou TÃO brava com a MacKenzie que tenho vontade de GRITAAAAR ☹!!

Victoria mandou que MacKenzie e eu fôssemos buscar ingressos de teatro para ela. Na volta, vimos um pessoal jovem em uma fila do lado de fora de um prédio com uma atendente uniformizada na porta. MacKenzie parou, olhou e deu um grito.

"AI, MEU DEUS! Essa com certeza é uma daquelas lojas francesas MODERNAS do tipo POP-UP! Eu li sobre elas nas últimas revistas de moda!", ela guinchou. "Nikki, precisamos entrar na fila. DEPRESSA!"

"O que é uma loja pop-up?", perguntei.

"É uma loja temporária que vende roupas de marcas famosas. Mas ela fica aberta só por uma ou duas semanas. Às vezes, é preciso comprar um ingresso para poder entrar e fazer compras!"...

MACKENZIE INSISTE PARA A GENTE VISITAR UMA LOJA POP-UP FRANCESA

"Algumas lojas só admitem pessoas que têm uma vibe muito CHIQUE. Ou, como os franceses dizem, um je ne sais quoi. Como moi!", MacKenzie falou, passando gloss.

"Parece SUPERsesnobe, se quer saber a minha opinião", eu disse.

"Bom, ninguém quer saber a SUA opinião! Além disso, não é esnobe. É só... altamente EXCLUSIVO! Então, Nikki, se eles se recusarem a te deixar entrar porque você está vestida como a sua avó, você vai ter que esperar aqui fora até eu voltar. Tudo bem?"

Até parece! Meu vestido era très chic e novo em folha. Talvez aquele lugar FOSSE uma das tais lojas pop-up. Mas não achei uma boa ideia entrarmos em prédios aleatórios só porque havia uma fila de pessoas esperando do lado de fora. MacKenzie comprou dois ingressos para nós. Então entramos em uma salinha onde havia uma escada espiralada que levava para baixo. Nervosas, seguramos no corrimão enquanto descíamos cinco andares. No fim, havia uma porta que se abria para uma passagem...

Parecia que estávamos em uma...
MASMORRA SUBTERRÂNEA!

QUE ÓTIMO ☹!

A primeira coisa que senti foi um cheiro forte. O local também era escuro, úmido, frio e muito silencioso.

Apesar de termos esperado na fila com outras pessoas, parecíamos estar sozinhas.

MacKenzie estava um pouco abalada, mas AINDA ASSIM insistiu que aquela era uma loja pop-up.

"Nikki, o CLIMA é tudo! Eu imagino que eles vendam muitas roupas PRETAS aqui!", ela disse.

Seguimos o caminho comprido e escuro e continuamos descendo.

Finalmente, chegamos a uma porta pesada. Nós a abrimos e entramos em um túnel. Nossos olhos se ajustaram à escuridão, mas NÃO estávamos preparadas para o que vimos...

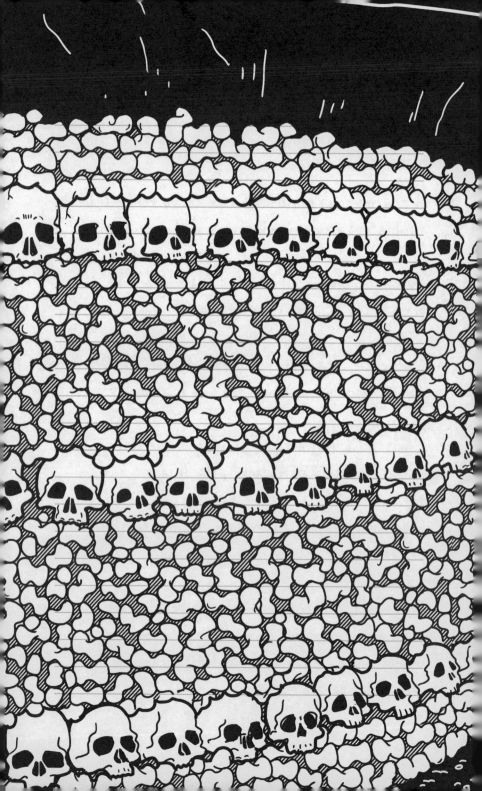

AI, MEU DEUS! Estávamos cercadas de
OSSOS HUMANOS!!

Eu não queria acreditar que eram REAIS!

Havia crânios e ossos perfeitamente enfileirados do chão ao teto e cobrindo as paredes dos corredores.

MacKenzie estava ENLOUQUECENDO!

"Eu... Eu não entendo!", ela gaguejou. "Onde estão as roupas estilosas?! E onde estão os vendedores?! Não tem música nem petiscos. É uma loja pop-up MUITO ESQUISITA! Eu mereço um REEMBOLSO!"

MacKenzie e eu demos mais uma olhada na parede de crânios e ossos. Chamar aquilo de ASSUSTADOR era pouco. Não vi nenhum vendedor nem ninguém da gerência.

Mas todas as pessoas que eu VI estavam MORTAS, sem dúvida!!...

Não consegui acreditar no que MacKenzie fez em seguida. Ela pegou o celular e um folheto que recebeu na porta.

"Vou ligar para a gerência e pedir um reembolso", ela disse enquanto digitava com raiva.

Ela checou a bateria do telefone e tentou, sem sucesso, ligar uma segunda vez. Então, começou a entrar em pânico.

"AI, MEU DEUS!! NÃO ESTOU CONSEGUINDO SINAL AQUI!!", ela gritou.

Confexi meu telefone e descobri que também não tinha sinal.

CREDO ☹!!

ONDE ESTÁVAMOS?! E COMO SAIRÍAMOS DALI?!!

Foi quando perguntei a MacKenzie se podia ver o folheto dela. Estava escrito...

BEM-VINDO ÀS
CATACUMBAS DE PARIS!
"O LABIRINTO DOS MORTOS"

Finalmente tudo fazia sentido. "Nikki, AGORA NÃO é hora de atualizar sua leitura! Precisamos sair daqui! Essa UMIDADE está ASSASSINANDO meu cabelo. Vou tentar encontrar sinal de celular", MacKenzie gritou.

Comecei a ler o folheto, e AI, MEU DEUS! Dizia que ali era basicamente um labirinto subterrâneo com os RESTOS MORTAIS de mais de seis milhões de pessoas! UAU!! INACREDITÁVEL!!

Os túneis faziam parte de uma série de caminhos de pedra ou minas construídos sob Paris. Quando os cemitérios da cidade lotaram e o espaço para enterrar as pessoas ficou escasso, decidiram, na década de 1780, levar os restos mortais dos parisienses para as minas subterrâneas, que ficaram conhecidas como "ossuários".

Um ossuário é um baú, uma caixa, uma sala ou uma construção que serve como local de descanso final dos RESTOS DE ESQUELETOS HUMANOS!

Eu não tinha ideia de que coletar ossos humanos era "moda"! Mas fica ainda mais ESQUISITO!...

Nos primeiros anos, as Catacumbas eram basicamente montes enormes de ossos aleatórios. Mas, em 1810, foram iniciadas reformas que começaram a transformar o lugar em um tipo de museu, com obras de arte "de arrepiar os ossos". Doze longos anos se passaram até todos os corpos e ossos dos cemitérios de Paris serem levados para seu lugar de descanso final, EMBAIXO da cidade.

Os corredores subterrâneos são enormes, escuros e cheios de esqueletos. Crânios e fêmures ficam empilhados em padrões complexos para criar paredes de ossos.

Há cento e trinta e um degraus que levam para baixo, até chegar às Catacumbas, e cento e doze que levam para cima, para sair.

As Catacumbas são FASCINANTES e com certeza mais interessantes que uma loja pop-up.

Até eu perceber que a minha VIDA estava em perigo! Há uma lenda famosa que diz que, depois da MEIA-NOITE, as paredes das Catacumbas ATRAEM OS VISITANTES, levando-os mais fundo nos túneis, para NUNCA MAIS VOLTAREM!

Foi então que decidi que estava na hora de terminar aquele passeio, e LOGO. Desculpa, mas eu NÃO queria ficar ali nem mais um minuto! Estava na hora de IR!

Procurei MacKenzie, mas ela tinha desaparecido. Chamei e ela não respondeu. Eu não tive escolha a não ser ir mais fundo nas Catacumbas para tentar encontrá-la.

Parecia que eu tinha andado por uma ETERNIDADE quando, de repente, escutei passos assustadores e uma respiração barulhenta.

Chegando mais perto. E mais perto! E MAIS PERTO!...

260

AI, MEU DEUS! MacKenzie e eu CORREMOS pelo resto das Catacumbas. E só paramos depois de subir os cento e doze degraus pela escada em espiral para sair dali!

Quando finalmente chegamos à rua, fiquei chocada com o abraço enorme que MacKenzie me deu.

"Nikki, sei que somos INIMIGAS, mas agradeço por você ter salvado a minha vida! Podíamos ter ficado perdidas naquele lugar PARA SEMPRE! Hoje aprendi duas coisas bem importantes. Você é uma pessoa MUITO legal e AQUELA é a PIOR loja pop-up QUE JÁ EXISTIU!"

Eu estava prestes a contar à MacKenzie que tínhamos acabado de visitar as Catacumbas de Paris, um destino popular. E que na verdade NÃO corremos nenhum PERIGO REAL. Mas então pensei... NAH! Por que me dar o trabalho? Eu meio que gosto dessa NOVA MacKenzie.

Talvez eu possa ser amiga DESSA menina.

!!

SEGUNDA-FEIRA, 25 DE AGOSTO

HOJE EU VISITEI...
O MUSEU DO LOUVRE!

LOCAL: Museu do Louvre
JEITO FÁCIL DE FALAR: Museu do "Luuvre"
NA FRANÇA ELE É CHAMADO DE: Musée du Louvre

RESUMO: O Museu do Louvre é o MAIOR e mais visitado museu de arte do MUNDO!

CURIOSIDADES: O museu é tão ENORME que é humanamente IMPOSSÍVEL ver as trinta e cinco mil obras em um dia. Mesmo se eu passasse SÓ trinta segundos observando CADA item por vinte e quatro horas direto (SEM ir ao banheiro nem parar para comer), demoraria DOZE DIAS INTEIROS para ver tudo! Isso SEM CONTAR as 345 mil obras de arte que NÃO estão em exposição. Para ver TODAS as coleções do museu, você teria que VIVER ali por mais de quatro meses, o que seria um pouco EXAUSTIVO!

DO QUE MAIS GOSTEI!: Minhas obras preferidas foram a esfinge egípcia e Nice de Samotrácia, uma deusa grega de dois mil anos, cinco metros e meio de altura, com asas e toda esculpida em mármore. Ela não tem pés, braços nem cabeça, mas ainda é linda e poderosa, e é majestosa DEMAIS! #acordeiassim ☺!

Agora entendo o nome da marca Nike, inspirado nessa deusa grega da vitória!

De lanche, tomei um frappuccino de chocolate do Starbucks. Sim! Tem um Starbucks no museu, embaixo da pirâmide. E comi um croissant de chocolate muito delicioso de uma padaria perto dali! Definitivamente... OH LÀ LÀ!

NÃO PERCA!: Você PRECISA ver a Mona Lisa, de Leonardo da Vinci, a obra mais popular do museu! O quadro tem guarda-costas e uma caixa postal privada, por causa de todas as cartas de amor que recebe. AI, MEU DEUS! A Mona recebe CARTAS DE AMOR mesmo?! Que INVEJINHA! Para ver o quadro (que fica atrás de um vidro à prova de balas), você pode esperar numa fila GIGANTESCA, que dá voltas e voltas, ou tirar uma foto do fundo da sala.

IDEIAS FINAIS: AMEI ver essa obra de arte ICÔNICA, apesar de seu sorriso meio assustador. Como a maioria das pessoas, fiquei surpresa por esse quadro de fama MUNDIAL, ser tão pequeno: só tem 77 x 53 centímetros!

TERÇA-FEIRA, 26 DE AGOSTO

AI, MEU DEUS! Acabamos de receber uma mensagem da Victoria dizendo que a sessão de fotos para a revista ainda está de pé e marcada para quinta-feira! QUE ÓTIMO ☹!!

Isso quer dizer que tenho menos de quarenta e oito horas para encontrar um novo vestido, parecido na cor e no estilo com aquele que Blaine fez para mim. Mas não é só isso. TAMBÉM precisa combinar com meus colegas de banda.

"Não quero ser pessimista, mas qual a probabilidade de encontrarmos ESTE vestido?!", suspirei. "Talvez eu deva ser sincera e contar pra Victoria o que realmente aconteceu."

"Então a SUA ideia é contar pra Victoria que você jogou fora um vestido de cinco mil dólares porque estava tendo um dia ruim!", Chloe disse, revirando os olhos.

"Ela provavelmente vai te DEMITIR na hora, ALÉM de fazer você PAGAR pelo vestido!", Zoey comentou.

"AI, MEU DEUS! Eu não tinha pensado nisso!", resmunguei, me sentindo AINDA MAIS perdida.

"Para ser sincera, não deve ser tão difícil encontrar um vestido parecido. Nós ESTAMOS na capital mundial da MODA, certo?!", Zoey disse. "Este é o MELHOR lugar do PLANETA para procurar um vestido!"

Sem dúvida! Minha amiga Zoey é um GÊNIO!

Por isso, ligamos para as lojas de roupas da região e perguntamos se eles tinham vestidos dourados parecidos com os de Blaine Blackwell. Várias tinham AUTÊNTICOS Blaine Blackwell, mas custavam a partir de três mil euros! SIM! Aqueles vestidos eram quase MAIS caros que o CARRO da minha família!

Depois de quase duas horas, finalmente encontramos uma loja que tinha um vestido dourado que talvez pudesse dar certo. Custava trezentos euros e estava com desconto de 25%. Chloe, Zoey e eu pegamos um táxi para a butique, que ficava a quinze minutos do nosso hotel. Os vestidos de lá eram absurdamente LINDOS!

Não resistimos e tivemos que EXPERIMENTAR vários! Com sapatos e acessórios...

Nicole J. Maxwell

AI, MEU DEUS! Todas concordamos que o MEU vestido era PERFEITO! Para uma réplica de um Blaine Blackwell, claro. Era exatamente do mesmo tom de dourado e tinha até um corpete cheio de enfeites brilhantes.

"VOU FICAR COM ELE!", eu disse toda feliz para a vendedora. Chloe, Zoey e eu nos abraçamos! Eu não estava acreditando que iria conseguir fazer a sessão de fotos para a revista.

"Que vestido lindo!", a vendedora sorriu. "Esse modelo não para no nosso estoque. E, como estamos em promoção hoje, de quatrocentos euros, o vestido sai por trezentos mais impostos, num total de trezentos e sessenta. Vão pagar com dinheiro ou cartão?"

Chloe, Zoey e eu trocamos olhares preocupados. Achávamos que o vestido custasse trezentos euros menos 25% de desconto mais o imposto, num total de duzentos e setenta. Então, conseguimos juntar esse valor entre nós, com o dinheiro da viagem. Mas faltavam noventa euros! Senti meu coração desanimar.

Estávamos em pânico quando a porta da frente se abriu e escutamos uma voz muito familiar...

ERA A MACKENZIE!

No pior momento possível!

A vendedora pigarreou e perguntou de novo: "E aí, meninas, vão pagar com dinheiro ou cartão?"

"Na verdade, estamos tentando decidir", Zoey respondeu, tocando o queixo. "Vamos pagar com dinheiro ou cartão? Hum..."

"Olha, tenho uma ideia!", Chloe falou. "Vamos pegar noventa euros emprestados da... AI! DOEU!"

Eu tinha acabado de dar um chute na canela da Chloe, e Zoey olhou feio para ela.

MacKenzie estreitou os olhos para Chloe. "Está pedindo noventa euros emprestados para MIM?"

"Bom, eu... hum...", Chloe gaguejou enquanto olhava para Zoey e para mim.

MacKenzie sorriu. "É claro que eu empresto noventa euros para vocês, Chloe. O que estão comprando?"

"Na verdade, é um vestido para..."

"MIM!", Zoey interrompeu. "A Chloe quer comprar um VESTIDO para MIM! Amanhã é meu... ANIVERSÁRIO! E estamos... quer dizer... ELA está sem o valor todo."

Chloe olhou para Zoey. "O quê?! Pensei que seu aniversário fosse... AI!", ela resmungou de novo.

"Vamos pagar em dinheiro", Zoey disse à vendedora.

"Que vestido lindo!", MacKenzie elogiou enquanto colocávamos o dinheiro no balcão.

Ela abriu a bolsa e olhou ali dentro. "Desculpem! Pensei que tivesse os noventa euros, mas não tenho."

Senti o coração desanimar ☹! DE NOVO!

"Então vou pagar o vestido com meu cartão de crédito", MacKenzie disse. "Chloe, você pode me pagar depois que chegarmos em casa, na volta de Paris. O que acha?"

Para ser sincera, parecia BOM DEMAIS para ser VERDADE! MacKenzie pagou o vestido com seu cartão de crédito...

EU, CHOCADA E SURPRESA POR MACKENZIE ESTAR SENDO TÃO LEGAL!

"Vocês podem passar o vestido e entregar no nosso hotel?", MacKenzie perguntou à vendedora.

"Com certeza. E a entrega vai ser gratuita", a moça respondeu. "Vamos deixar o vestido na recepção amanhã à tarde."

AI, MEU DEUS! Eu estava ADORANDO aquela NOVA MacKenzie.

Eu devia ter SALVADO a vida dela muito antes!

☺!!

QUARTA-FEIRA, 27 DE AGOSTO

HOJE EU VISITEI...

O ARCO DO TRIUNFO!

LOCAL: Arco do Triunfo
JEITO FÁCIL DE FALAR: "Arc dã Tri-onf"
NA FRANÇA ELE É CHAMADO DE: Arc de Triomphe de l'Étoile (dã le-toal)

RESUMO: A construção do Arco demorou trinta anos! Ele inclui belas esculturas, inscrições, o nome de seiscentos e sessenta oficiais, tratados importantes e cenas das vitórias militares de Napoleão, tudo entalhado no calcário.

CURIOSIDADES: Está localizado no centro de um dos cruzamentos mais movimentados de Paris. Doze ruas diferentes se unem para formar uma rotatória CAÓTICA, sem calçadas e até sem placas! De cima, o arco parece o centro de uma estrela (étoile), com ruas se espalhando como raios de luz.

DO QUE MAIS GOSTEI!: A vista! Ao subir a Champs-Élysées (apesar de eu ter ido até lá de scooter rosa), você terá uma visão completa do Arco. Eu vi paisagens deslumbrantes de TODA a cidade e de um monte de pontos turísticos famosos! E consegui até ver o show de luzes da Torre Eiffel.

De volta ao L'Hôtel Magnifique de Paris...

Quando voltei ao hotel, depois de visitar o Arco do Triunfo, Chloe e Zoey estavam no saguão esperando MacKenzie. O vestido já tinha sido entregue, e as três haviam concordado em pegá-lo na recepção.

Tenho que admitir que estava SUPERnervosa. POR QUÊ?!

Porque eu estava FINGINDO que o vestido NÃO ERA MEU. Chloe estava FINGINDO que tinha comprado o vestido como presente de aniversário para Zoey. E Zoey estava FINGINDO que hoje era seu aniversário e que o vestido era um presente dado pela Chloe.

Dito isso, nós PROVAVELMENTE devíamos ter criado uma estratégia que não envolvesse um MONTE DE MENTIRAS!! Afinal, QUEM a gente achava que era? MACKENZIE HOLLISTER?! Vi a MacKenzie na recepção, e, ansiosas, fomos atrás dela. Quando a alcançamos, ela já tinha pegado o vestido e o admirava com atenção.

"Eu sabia que esse vestido lindo parecia familiar!", MacKenzie exclamou. "É igualzinho àquele que o Blaine Blackwell fez para a sua banda!"

Chloe, Zoey e eu ficamos olhando para ela e demos de ombros.

"Nossa, que estranho! Por que vocês iam querer tanto uma réplica a ponto de pegar dinheiro emprestado para comprar?", MacKenzie perguntou, olhando desconfiada, como se tivéssemos roubado um banco ou algo assim.

"Desculpa, MacKenzie, adoraríamos ficar e conversar com você, mas vamos pegar o vestido da Zoey e ir embora!", Chloe disse e ARRANCOU o vestido da mão dela...

VRRAAAAM!!

MacKenzie pegou o vestido da Chloe e gritou: "Desculpa, mas esse vestido é MEU! Paguei com o MEU cartão de crédito!"

Em seguida, Zoey pegou o vestido da mão da MacKenzie e disse: "É o MEU presente de aniversário, eu ganhei da Chloe! Por isso, o vestido é MEU!"

MacKenzie arrancou o vestido da mão da Zoey e gritou: "Você já tem um Blaine Blackwell de verdade, então o vestido É MEU!!"

As pessoas na recepção começaram a nos observar!

Foi MA-LU-CO, porque minhas melhores amigas e eu estávamos literalmente fazendo um cabo de guerra com o vestido e a MacKenzie.

Ela puxava o vestido com toda a força, enquanto minhas amigas e eu fazíamos a mesma coisa.

"SOLTA! É MEU!!", nós quatro gritamos.

De repente, escutamos um barulho alto...

R-R-A-A-A-S-S-G-G!!

Nós quatro ficamos meio em choque olhando para o vestido, tipo...

OPS 😞!!

Finalmente, MacKenzie pegou o vestido e rosnou: "Esse vestido é MEU! E NINGUÉM vai tirar de mim!!"

EU, TENDO UM COLAPSO POR CAUSA DO DRAMA DO VESTIDO

AI, MEU DEUS! Eu NÃO conseguia acreditar que aquilo estava mesmo acontecendo comigo!

Minhas melhores amigas e eu passamos horas procurando em dezenas de lojas e FINALMENTE encontramos o vestido perfeito!

E, agora, basicamente tinha virado um TRAPO!!

Então decidimos deixar a MacKenzie ficar com aquele VESTIDO IDIOTA! Chloe, Zoey e eu voltamos para o nosso quarto nos sentindo totalmente derrotadas.

"Nikki, sinto muito que as coisas não deram certo!", Zoey disse, fungando.

"O que você vai fazer agora?", Chloe perguntou.

Suspirei fundo e mordi o lábio para não chorar. "Bom, a ÚLTIMA coisa que eu quero é aparecer na sessão de fotos SEM o meu figurino. Tenho certeza que isso vai acabar PIORANDO tudo! A Victoria provavelmente vai me DEMITIR na hora e me fazer voltar para casa A NADO! Então, vou ligar para o Trevor amanhã, explicar tudo e me oferecer para pagar pelo vestido."

"NOSSA! É TODO o dinheiro que você ganha sendo babá!", Chloe exclamou.

Abracei minhas amigas, desejei sorte a elas na sessão de fotos no dia seguinte e fechei a porta.

Atravessei meio mundo para ir a Paris com meus colegas de banda só por aquela sessão de fotos para a capa da revista Oh Là Là Chic!

Mas agora o SONHO se tornou um PESADELO!

Eu me joguei na cama aos prantos.

MacKenzie GANHOU!!

☹!!

QUINTA-FEIRA, 28 DE AGOSTO

Dormi muito mal a noite passada. Como já estava completamente desperta, enviei uma mensagem à Victoria às sete da manhã para avisar que eu estava DOENTE e não conseguiria fazer a sessão de fotos.

Eu disse a ela que de repente comecei a me sentir MUITO enjoada. Essa parte era verdade.

Eu estava MUITO enjoada da minha vida HORROROSA, tanto que queria... VOMITAR ☹!!

Victoria foi surpreendentemente compreensiva. Ela me disse para descansar um pouco e, se estivesse me sentindo melhor quando eles saíssem, às nove e meia, eu podia ir com eles. Ela falou para não me preocupar porque MacKenzie poderia me substituir.

Eu estava MUITO brava por MacKenzie ter ficado com meu vestido de um jeito egoísta e depois o destruído! POR QUE é que eu confiei naquela cobra com gloss, para começo de conversa?!

Hoje ela ia pegar o MEU lugar na capa da revista Oh Là Là Chic!

Do jeitinho que ela tinha planejado fazer.

Eu estava me sentindo totalmente impotente.

Longe de casa há dez dias e com muita saudade.

Quando abri a mala e vi o ursinho idiota da Brianna, percebi como estava sentindo falta da minha família!

Até da Brianna.

Para deixar tudo pior, eu não via o Brandon desde sexta-feira e também estava com saudade dele. Fiquei pensando que ele podia estar bravo comigo.

Naquele momento, eu me senti tão frustrada e sozinha que peguei o Hans de dentro da mochila da Princesa de Pirlimpimpim da Brianna e dei um ABRAÇÃO nele...

O HANS AINDA ESTAVA COM CHEIRO DE MEIA SUJA, MAS EU NEM LIGUEI!

Estava prestes a guardar o Hans dentro da mochila de novo quando notei que havia algo enrolado e enfiado no fundo.

Peguei o monte de tecido e puxei...

Parecia meio familiar. Mas eu não tinha certeza. Até conseguir ver direito.

AI, MEU DEUS! EU NÃO ESTAVA ACREDITANDO!

BRIANNA TINHA ENFIADO MEU FIGURINO NO FUNDO DA MOCHILA DELA!

A Magnífica Brianna-dini conseguia mesmo fazer as coisas reaparecerem! Até MEUS SAPATOS estavam ali dentro! Ela deve ter pegado meu figurino da lixeira logo depois que eu joguei fora.

Brianna também tinha escrito um bilhetinho fofo:

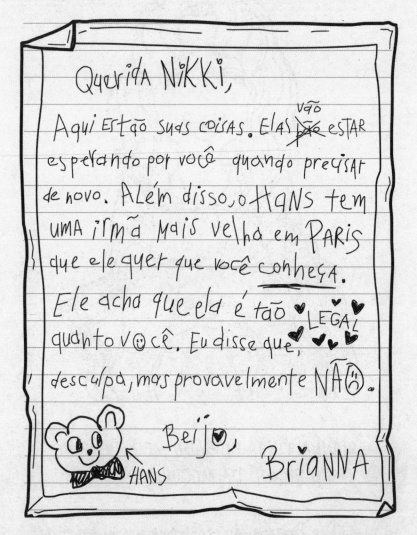

De repente, tive a ideia mais DOIDA! Eram nove e quinze da manhã, e nossa van sairia para o escritório da revista às nove e meia.

Eu me vesti o mais rápido que consegui e desci correndo para o saguão. Meu coração estava muito acelerado quando passei pelas portas pesadas da entrada. Mas, ao chegar à calçada, vi uma van com Victoria ao lado do motorista partindo da frente do hotel e pegando a rua.

Eu estava atrasada demais e tinha acabado de perder a van por segundos! Eu me virei e dei um encontrão com a Chloe e a Zoey. BAM!!

"O que VOCÊ está fazendo aqui?!", nós gaguejamos umas para as outras.

"Eu queria passar o dia com as minhas melhores amigas, então, no último segundo, decidi ir para a sessão de fotos", expliquei.

"Bom, nós queríamos passar o dia com a NOSSA melhor amiga...", Zoey começou.

"Então, no último segundo, decidimos NÃO ir para a sessão de fotos", Chloe terminou.

De repente, elas notaram o que eu estava vestindo.

"AI, MEU DEUS, NIKKI! VOCÊ ENCONTROU SEU FIGURINO!", as duas exclamaram. "ONDE?!"

"Eu explico mais tarde", falei. "No momento, precisamos chegar à sessão de fotos da revista!"

Enquanto Zoey procurava o endereço da revista, Chloe e eu tentávamos descobrir a melhor maneira de chegar lá.

Não tínhamos ideia de como pegar o metrô ou o ônibus, e não tínhamos tempo para encontrar um táxi ou um motorista que falasse inglês.

Olhamos para os dois sentidos da rua movimentada, muito frustradas. No parque ao lado, vimos adolescentes rindo e aproveitando o dia de sol.

Chloe, Zoey e eu tivemos, ao mesmo tempo, uma ideia BRILHANTE...

Felizmente, conseguimos chegar. VIVAS!!

A sessão de fotos foi um arraso!

Assim como a nossa capa! ÊÊÊÊÊÊ ☺!

Durante a sessão de fotos, MacKenzie ficou me ENCARANDO com UMA CARA BEM FEIA!

E, quando terminamos, ela olhou brava para mim e revirou os OLHOS com tanta força que eu pensei que eles fossem EXPLODIR das órbitas e ser confundidos com ESCARGOTS (caracóis na manteiga e alho) por um parisiense!

MacKenzie estava usando aquele vestido rasgado como um conjunto de duas peças. Eu acho que ela quis fazer um estilo "CHIQUE DESLEIXADO". Mas o vestido estava um desastre, mais parecia "LIXO DA MODA".

Meus colegas de banda e eu concordamos que a viagem estava sendo O MAIOR E MAIS MARAVILHOSO DESAFIO DE VERÃO! Talvez, ano que vem, possamos fazer algo ainda mais MA-LU-CO, como atravessar a passarela na PARIS FASHION WEEK!

Sei lá, uma garota pode SONHAR.
^^^^^^
EEEEEE! ☺!

SEXTA-FEIRA, 29 DE AGOSTO

AI, MEU DEUS! Não consegui acreditar que estava na frente de uma das LOJAS DE ARTE mais antigas e famosas do mundo...

A SENNELIER! ÊÊÊÊÊ ☺!

O mais IMPRESSIONANTE do lugar é que ele criou tintas e forneceu artigos para alguns dos MAIORES artistas do mundo, incluindo Degas, Cézanne, Picasso e Van Gogh.

E, claro, AGORA posso acrescentar MEU nome...

Nicole J. Maxwell

à lista de artistas inspirados que passaram por aquelas portas ☺.

A Sennelier é famosa pela diversidade de tintas e por criar cores especiais solicitadas por artistas.

Que tal a cor Gloss Rosa?

A loja é tão fascinante que eu poderia ficar ali olhando tudo por horas!

Mas hoje eu queria comprar um conjunto profissional de LÁPIS DE COR...

E eu tive SORTE, porque eles estavam com um DESCONTO INCRÍVEL de 50%! ÊÊÊÊÊÊ ☺!

Paguei os lápis e dei mais uma olhada naquela loja MARAVILHOSA!

Eu mal podia esperar para levar meu estojo de lápis de cor ao hotel!

Num primeiro momento, fiquei pensando em quais projetos poderia usá-los. E aí tive a MELHOR ideia de TODAS!!...

Tenho um monte de desenhos de MINHA autoria para colorir bem aqui no meu DIÁRIO!! ÊÊÊÊÊÊ ☺!

SÁBADO, 30 DE AGOSTO

Era difícil acreditar que estávamos em Paris já fazia doze dias. Parecia que tínhamos acabado de chegar.

Meus colegas de banda e eu estávamos de malas prontas, indo ao Aeroporto Charles de Gaulle para pegar o voo de volta para casa.

Ainda bem que as coisas foram muito mais tranquilas na viagem de volta.

Chloe, Zoey e eu tivemos até tempo de visitar uma loja de presentes e comprar suvenires para a família e os amigos.

Enquanto minhas melhores amigas admiravam chapéus e camisetas, eu vi uma ursinha MUITO FOFA.

Não só ajudei o Hans a encontrar a irmã MAIS VELHA em Paris, mas Brianna estava ENGANADA!

Ela era TÃO legal quanto EU ☺!

Eu estava muito animada para me sentar ao lado do Brandon na primeira classe no voo de volta para casa.

Pensei que passaríamos a viagem toda rindo e falando sobre como tinha sido divertido em Paris, essa cidade tão linda. Mas Brandon estava quietinho e parecia meio chateado.

Chloe e Zoey também notaram, porque ficaram cochichando sobre isso. Bem alto.

Eu ouvi as duas dizerem: "Isso é muito RUIM! A Nikki e o Brandon nem estão se FALANDO!"

Foi quando não aguentei e gritei: "CHLOE E ZOEY, POR FAVOR, FIQUEM QUIETAS! O Brandon e eu conseguimos ouvir TUDO o que vocês estão falando!"

Mas eu disse isso dentro da minha cabeça, então só eu mesma escutei.

Brandon estava olhando pela janela quando respirei fundo, toquei o ombro dele e disse...

"Também acho", ele concordou. "Nikki, eu quero que você seja feliz! E, se estiver interessada no André, eu entendo. Não sei se você quer algo sério com ele, mas ele com certeza quer com VOCÊ."

"Brandon, o André e eu somos amigos. Só isso."

"Mas e todo aquele papo de 'mon amour'? Eu entendo francês e ouvi vocês dois chamando um ao outro de 'meu amor'. E o monte de presentes! Aquilo me pareceu BEM sério! Você faz IDEIA de quanto tudo aquilo custa?!" Brandon suspirou.

"Eu sei EXATAMENTE quanto custa, porque a MINHA MÃE comprou com o cartão DELA. De uma loja chamada Mon Amour. A Brianna pegou todas as minhas roupas, então cheguei em Paris só com meu pijama, meias e minhas pantufas de coelhinho. O André foi buscar meu pedido na loja, e a madrinha dele embrulhou tudo."

Brandon ficou olhando para mim, confuso. "Mon Amour é uma... LOJA?! Sério? Mas eu pensei...! Acho que imaginei várias coisas, mas estava errado. Eu não fazia ideia que você estava em apuros." Aí, ele disse...

310

Admito que fiquei um pouco surpresa quando o Brandon pediu desculpa. Mas gostei de ele ter feito isso. Ele também disse que se esforçaria mais para se dar bem com o André. Mesmo que ele me chamasse de Nicole. Não consegui não rir de Brandon pensando que André e eu estávamos nos chamando de "meu amor" sempre que falávamos da loja Mon Amour. E isso deve ter acontecido umas DEZ vezes.

Também fiquei feliz quando Brandon disse que queria ser um "grande amigo". Mas fiquei me perguntando se ele estava falando SÓ de amizade mesmo ou MAIS que isso. Preciso perguntar para as minhas amigas.

Brandon afastou a franja dos olhos e me deu um sorriso ENORME. Eu não sabia se estava sentindo frio na barriga ou se nosso avião estava caindo. Mas...
^^^^^^
ÊÊÊÊÊÊ ☺!

"Bom, Nikki, pelo menos conseguimos sentar juntos na volta para CASA. Para mim, essa vai ser a MELHOR parte da viagem!", Brandon brincou enquanto pegava o celular para tirar uma selfie nossa...

De repente, eu me lembrei daquele casal fofo que vi na Torre Eiffel. Eles tiraram uma selfie, como o Brandon e eu fizemos.

Mas minhas melhores amigas PATETAS, a CHLOE e a ZOEY, não

INVADIRAM

a selfie DELES como fizeram na NOSSA!!...

Sacrebleu!

☺!!

DOMINGO, 31 DE AGOSTO

Au revoir, Paris!

Chegamos em casa ontem!

J'adore Paris! Foram, sem dúvida, dias incríveis, tudo que eu sonhei que pudesse ser.

AMEI ficar em um dos hotéis mais luxuosos e ver todos aqueles lugares fascinantes.

Mas foi MARAVILHOSO voltar para casa.

Nada me deixa mais SEGURA do que estar com as pessoas que eu MAIS AMO...

MINHA FAMÍLIA ☺!

Mal podia esperar para relaxar no meu quarto confortável de novo. Apesar de NÃO ser uma acomodação cinco estrelas, com serviço de quarto e camareiras...

Aprendi uma lição importante nessa aventura em Paris: NUNCA desista dos seus SONHOS!

Mas eu aprendi MAIS com a pestinha da minha irmã, a Brianna: NUNCA, NUNQUINHA deixe de acreditar em MAGIA!...

Dei à Brianna um abração e uma ursinha que era mesmo de Paris: a irmã mais velha do Hans, HANNAH ☺!

Brandon foi à minha casa para me mostrar as fotos que tirou enquanto estávamos em Paris...

BRANDON E EU, PASSANDO TEMPO JUNTOS, ADMIRANDO FOTOS DE PARIS

Ele é um fotógrafo SUPERtalentoso e um grande amigo.

Mas minhas MELHORES lembranças do Brandon são as que estão guardadas no meu CORAÇÃO.

NÃO no meu celular.

Excusez-moi.

C'est la vie.

Eu sou MUITO TONTA!!

☺!!

GUIA DA NIKKI PARA PALAVRAS E TERMOS EM FRANCÊS

PÁGINA	FRANCÊS	PORTUGUÊS
61	OH LÀ LÀ!!! J'ai vraiment besoin de commencer à pratiquer mon français!	AI, MEU DEUS!! Preciso muito começar a praticar meu francês!
61	très chics	muito chiques
162	OH LÀ LÀ!	AI, MEU DEUS!
162	TRÈS CHICS	MUITO CHIQUES
178	BONJOUR, PARIS!	OLÁ, PARIS!
178	Je m'appelle Nikki!	Meu nome é Nikki!
178	J'adore Paris!	Eu amo Paris!
185	Excusez-moi.	Com licença.
187	TRÈS MAGNIFIQUE	MUITO MARAVILHOSO
189	Mon Amour	Meu Amor
191	J'adore Paris.	Eu amo Paris.
195	Non, merci. Je reviens tout de suite.	Não, obrigada. Já volto.
196	très chic!	muito chique!
197	Je voudrais que vous sentiez mes pieds.	Gostaria que você cheirasse meus pés.

PÁGINA	FRANCÊS	PORTUGUÊS
198	JE VOUDRAIS QUE VOUS SENTIEZ MES PIEDS!	GOSTARIA QUE VOCÊ CHEIRASSE MEUS PÉS!
200	Oh là là là là là!!	AI, MEU DEUS!!
200	T'ES GROSSIÈRE, MÉCHANTE!	VOCÊ É GROSSEIRA, MENINA MAL-EDUCADA!
201	ALLEZ-VOUS-EN!!	VÁ EMBORA!!
202	Je voudrais que vous sentiez mes pieds.	Gostaria que você cheirasse meus pés.
208	MOI!!	EU!!
212	maître	chefe dos garçons de um restaurante; em francês, se chama maître d'hôtel
213	S'IL VOUS PLAÎT!	POR FAVOR!
222	C'est la vie!	É a vida!
223	Bonjour	Olá
224	Bonjour	Olá
227	Au revoir	Adeus
231	MON AMOUR	MEU AMOR
243	je ne sais quoi	não sei o que, ou algo que não pode ser explicado
243	moi	eu
243	très chic	muito chique

PÁGINA	FRANCÊS	PORTUGUÊS
264	OH LÀ LÀ!	AI, MEU DEUS!
278	étoile	estrela
299	ESCARGOTS	CARACÓIS
302	crayons de couleur	lápis de cor
302	EN SOLDES	LIQUIDAÇÃO
	50% DE RÉDUCTION	50% DE DESCONTO
304	crayons de couleur	lápis de cor
306	souvenirs	suvenires
306	Très Chic	Muito Chique
306	L'amour	Amor
307	J'ADORE PARIS	EU AMO PARIS
307	Cartes postales	Cartões-postais
310	mon amour	meu amor
314	Sacrebleu!	Minha nossa!
315	Au revoir, Paris!	Adeus, Paris!
315	J'adore Paris!	Eu amo Paris!
319	Excusez-moi.	Com licença.
319	C'est la vie.	É a vida.

AGRADECIMENTOS

^^^^^^
ÊÊÊÊÊÊ!!!! Terminamos o *Diário de uma garota nada popular 15*, graças à minha talentosa e dedicada equipe!

Quero agradecer especialmente à minha MARAVILHOSA vice-presidente, Valerie Garfield. Obrigada pelo apoio constante e por ter mergulhado no mundo de Nikki Maxwell tão depressa e de modo tão gracioso. Sua gentileza, entusiasmo e humor sarcástico sempre iluminam nossos dias! Estou animada para trabalhar com você e apresentar uma nova e ADORÁVEL geração de fãs à vida COLORIDA e NADA POPULAR da Nikki!

A Karin Paprocki, minha TALENTOSA diretora executiva de arte. Você continua a me impressionar com sua criatividade e capacidade de sempre supervisionar as coisas de modo mágico, como o layout de página e o posicionamento dos desenhos, à velocidade da luz. Obrigada por sua incrível visão e por seu conhecimento em design! A Katherine Devendorf, minha FANTÁSTICA vice-presidente e diretora editorial. Obrigada por editar meu livro com habilidade e precisão incríveis. Você faz com que uma tarefa difícil pareça fácil!

A Daniel Lazar, meu agente FENOMENAL da Writers House. Obrigada pela amizade, paciência e enorme sinceridade, e por saber quando usar seu boné. Apesar dessa montanha-russa maluca dos últimos anos, eu sinceramente posso dizer que ainda gosto das nossas reuniões no Zoom e de abacaxis. Estou MUITO animada pelo nosso próximo capítulo. Você é o melhor agente QUE EXISTE!

Para o meu INCRÍVEL Time Nada Popular na Aladdin/Simon & Schuster: Jon Anderson, Julie Doebler, Anna Jarzab, Caitlin Sweeny, Alissa Nigro, Lisa Moraleda, Chrissy Noh, Nicole Russo, Ashley Mitchell, Nadia Almahdi, Jenn Rothkin, Ian Reilly, Christina Solazzo, Nicole Tai, Lauren Forte, Rebecca Vitkus, Chel Morgan, Crystal Velasquez, Stephanie Voros, Amy Habayeb, Michelle Leo, Amy Beaudoin, Christina Pecorale, Gary Urda e a equipe de vendas inteira. Obrigada pelo compromisso de sempre, pelo apoio e pelo trabalho árduo!

Um agradecimento especial a minha ADMIRÁVEL assistente na Writers House, Torie Doherty-Munro, e às minhas agentes de direitos internacionais, Cecilia de la Campa e Alessandra Birch, por ajudar o *Diário de uma garota nada popular* a se tornar um best-seller internacional. Seus esforços não passam despercebidos!

E a Deena, Zoé, Marie, Jessica, Bree, Cori, Presli, Dolly Ann e Franklene, obrigada por tudo o que fazem!

Um muito obrigada especial a Sophie Sennelier, a dona da loja de artigos de arte Sennelier, que gentilmente permitiu que Nikki Maxwell visitasse sua linda loja e compartilhasse a experiência com nossos leitores do mundo todo.

A minha filha ESPETACULAR e ilustradora TALENTOSA, Nikki, obrigada por sua arte brilhante, pelas noites de trabalho e pelo amor. Eu não poderia desejar uma filha melhor. A minha irmã Kim, minha líder de torcida para todas as coisas TONTAS. Obrigada por ser sempre fã e defensora. Também gostaria de reconhecer com gratidão o amor e o apoio incondicional de toda a minha família!

E por fim, mas extremamente importante, aos superfãs dos Diários de uma Garota Nada Popular! Obrigada por amarem minha série de livros e por escolherem a capa parisiense perfeita. Lembrem-se sempre de deixar o seu lado NADA POPULAR brilhar! ☺

Rachel Renée Russell é autora número um na lista de livros mais vendidos do *New York Times* pela série de sucesso Diário de uma Garota Nada Popular e pela nova série Desventuras de um Garoto Nada Comum.

Rachel tem mais de cinquenta e cinco milhões de livros impressos pelo mundo, traduzidos para trinta e sete idiomas.

Ela adora trabalhar com sua filha Nikki, que a ajuda a ilustrar os livros.

A mensagem de Rachel é: "Sempre deixe o seu lado nada popular brilhar!"